OCULTO: LINCOLN

TÁCTICA ÁGUILA LIBRO 3

WILLOW FOX

SLOWBURN
PUBLISHING

Oculto: Lincoln

Táctica Águila Libro 3

Willow Fox

Publicado por Slow Burn Publishing

© 2022

Traducido por danni1993

Corregido por tamazarewsky

v2

Portada de Slow Burn Publishing

Imagen(es) utilizada(s) bajo licencia de Shutterstock.com.

CAPÍTULO UNO

LINCOLN

El cansancio no alcanzaba a describir la fatiga en mis ojos.

Entré a la cafetería. La campana de la puerta tintineó mientras entraba y el aroma de los granos de café me dio el primer chute de la mañana como si fuera una droga.

Necesitaba más...

—¡Siguiente! —espetó la chica detrás del mostrador.

Ya que aún no había tomado mi primer café de la

mañana, no tenía esa sacudida para despertarme. Me moví hacia el mostrador.

——Hola, Skylar.

¿Desde cuando ella trabajaba aquí? Lo último que había escuchado es que había venido al pueblo a visitar a su hermano.

Al parecer, no se iba a ir pronto.

——¿Qué puedo servirte? ——Preguntó ella.

Ella estaba detrás del mostrador usando un delantal marrón y una gorra a juego. Aunque me sentía fatigado, sus ojos se suavizaron y sus labios se curvaron en una sonrisa cuando pareció reconocerme.

——Hola, Lincoln, ¿cierto?

——Si ——dije mientras miraba a la pizarra que tenía detrás y que contenía la lista de las bebidas disponibles y los especiales.

Al dueño le gustaba cambiar el menú y nunca podías encontrar un simple *café negro* en este.

——¿Qué recomiendas?

Tomar una decisión a esta hora parecía mucho esfuerzo.

——Que hagas tu café en casa ——dijo Skylar——. El café aquí es excesivamente caro, pero no le digas a mi jefe o seré despedida.

Resoplé en voz baja.

——Entendido. Tendré lo que sea que prepares, pero que sea bien cargado y sin añadirle nada.

No podía soportar el azúcar a esta hora de la mañana.

El sol aún no había salido y debería estar en la cama ya que aun me quedaba otra hora hasta la que usualmente me despierto. No había sido capaz de dormir y mi cafetera había sido destruida gracias al reciente tiroteo en el restaurante. El sueño me había eludido, incluso en un domingo en la mañana cuando debería ser capaz de relajarme y tomarme el día libre. No era usual que el estrés me molestara, pero estaba en constante alerta y listo para saltar a la acción luego de que dos mafiosos habían acribillado a balas el restaurante. Una consecuencia de mi tiempo en el ejército que me forzaba a estar despierto al instante.

Skylar pulsó algunas teclas en la caja registradora antes de que metiera mi tarjeta de crédito en el lector de tarjetas para pagar.

Una rubia se acercó. Usaba lentes de sol gigantes, de la clase que una mujer usaba ya sea para ocultar un ojo morado o para ocultar su identidad. Ambas opciones parecían plausibles.

——Disculpa ——dijo ella——. Pedí un café hace diez minutos.

——Han pasado cinco minutos ——dijo Skylar——, y tu bebida está sobre el mostrador, esperando que la recojas.

——No dijiste mi nombre ——dijo la mujer de los lentes de sol.

——Heather.

——Es Harper ——dijo ella, corrigiendo a Skylar.

Skylar caminó hasta donde estaba la bebida, esperando a ser recogida.

——Es prácticamente lo mismo. ¿Quieres tu café o no?

Había otra barista haciendo mi café mientras Harper se quedó de pie, cruzada de brazos.

——Necesitas prepararme otro *latte* ——dijo Harper.

Ella solo desplegó los brazos lo suficiente como para subir sus lentes que empezaban a deslizarse hacia abajo.

——No necesito hacer nada, señora ——dijo Skylar. Ella se volvió a la caja registradora——. ¡Siguiente!

La barista que preparaba mi café se acercó con el líquido bien caliente y le puso una tapa al vaso.

——Lincoln.

Harper me arrebató el vaso antes de que pudiera tomarlo.

——Llegaré tarde.

Ella robó mi bebida y salió rápidamente de la tienda, corriendo hasta su auto.

——Espero que le guste el café negro ——murmuré en voz baja.

La manera perfecta de comenzar mi día.

Debí haberme quedado en casa.

———

Recogí el almuerzo y conduje hasta la casa de Mason para asegurarme que estaba bien. Habían pasado un par de semanas desde que la mafia le había disparado al tratar de proteger a su novia del colegio, Hazel Agron.

Llegué a su casa y antes de que incluso levantara la mano para tocar, Hazel se precipitó a abrirla. Ella era más rápida que su mascota, Bear, a la cual habían adoptado luego de que el tío de Mason falleciera.

Hazel abrió la puerta y me abrazó.

——Gracias por venir ——susurró en mi oído.

——Por supuesto. Traje el almuerzo ——dije y levanté la bolsa de comida china para mostrársela.

Hazel me hizo pasar a la casa de Mason y cerró la puerta.

Le pasé la bolsa de comida y luego me quité el abrigo y las botas.

——Huele bien ——gruñó Mason mientras se levantaba del sofá——. ¿Qué trajiste?

——Carne a la naranja, pollo con sésamo, langostinos agridulces, carne a la Mongolia y unos cuantos aperitivos. No estaba seguro de lo que cada uno querría, así que traje diferentes opciones —— dije.

No había querido venir con las manos vacías y Hazel había estado ocupada cuidando de Mason. Ella merecía comer algo que no tuviera que cocinar.

——Me muero de hambre ——dijo Mason.

Él deambuló lentamente hasta la mesa; claramente afectado por las heridas infligidas por los dos disparos.

——¿Cómo va la reparación del restaurante? —— Preguntó Mason.

Hazel reveló el contenido de la bolsa de papel marrón, sacando todos los platos mientras yo hurgaba en las gavetas en búsqueda de cubiertos. Ya había platos desechables en la mesa y palillos chinos junto a cubiertos de plástico para comer.

——Lenta y prácticamente inexistente ——dije——. ¿Puedo traerles algo de tomar?

Había visitado a Mason lo suficiente a través de los años como para saber, no solo como estaba todo dispuesto, sino también en que gabinetes se encontraba todo.

——Agua está bien.

Tomé tres vasos del gabinete y los llené con agua.

——¿Cómo te has sentido? ——Pregunté dándome la vuelta para encarar a Mason, pero con la vista fija en el vaso para no hacer un desastre.

——Cansado, adolorido. Me siento como si me hubieran disparado dos veces.

Mason rió y tomó asiento con una aspereza que nunca le había visto cruzar el rostro. Él hizo una mueca de dolor, tratando de ocultar su incomodidad evidente.

——Ya me estoy sintiendo mejor y estoy ansioso de volver a la acción.

——¿Ya estás listo para correrme de *Eagle Tactical*? ——Pregunté bromeando a medias con él. Jaxson, uno de nuestros compañeros de las fuerzas especiales, seguía insistiendo en que me uniera.

Todos fuimos compañeros en el ejército y servimos juntos.

Solía ayudarlos en ocasiones cuando necesitaban un par de manos extras en un caso o cuando tenían un trabajo de campo.

——No, tú te quedas. Solo quiero volver al ruedo contigo de nuevo.

Lo cierto era que amaba el restaurante que era un éxito gracias a mi esfuerzo, pero volver a trabajar ahí tomaría meses.

El restaurante necesitaba muchas reparaciones. El comedor había sido destrozado por las múltiples balas que llovieron en el interior. Tenía a un agente de seguros trabajando conmigo para las reparaciones, pero tomaría tiempo. Traje dos vasos de agua a la mesa para Hazel y Mason. Llené de agua el tercer vaso y lo puse enfrente de mi plato, sentándome en la mesa de la cocina.

——Luces mejor ——dije. Toma tiempo sanar luego de ser disparado; hace falta fisioterapia para recuperar la movilidad, entre otras cosas.

Hazel permaneció en silencio mientras se servía el almuerzo en el plato frente a ella.

Mason gruñó.

——Estoy listo para salir de esta casa. Sin ofender a Hazel ——dijo él, dándole un vistazo——. Has hecho un gran trabajo al cuidarme. Es solo que no estoy acostumbrado a que cuiden de mí.

Hazel sonrió y le dio una palmadita en el brazo ileso.

——No me ofendiste y lo entiendo. Me encantaría salir y tomar algo, socializar.

Él siempre había sido independiente, incluso con las mujeres.

No puedo recordar que alguna novia de Mason viviera con él. Él era muy reservado cuando se trataba de sus relaciones, aunque lo había visto irse con una mujer del bar una o dos veces.

——Deberíamos hacer eso esta noche, ——dijo Mason.

——Se supone que aun no puedes beber ——le recordó Hazel. Y él se quejó en voz baja.

——Ella tiene razón ——dije, metiéndome en la conversación para apoyar a Hazel——. Solo queremos lo mejor para ti. No puedes beber si estás tomando analgésicos.

Tomé un sorbo de agua y puse el vaso de vuelta en la mesa de madera.

——Si quieres puedes salir esta noche por una hora, solo para salir de la casa y te puedo traer de vuelta.

El bar no estaba lejos de la casa de Mason. Era una distancia muy grande para que él la recorriera a pie ya que estaba herido, pero no me tomaría mucho tiempo llevarlo si quería reunirse con los chicos por una hora. Me preocupaba que, si lo hacía por más tiempo, se excedería y luego lo pagaría con creces.

Mason no era bueno en pedir ayuda. Él comió un poco de su almuerzo, su mirada estaba fija en la comida frente a él. No podía decir si estaba complacido con mi sugerencia, o me pediría que me fuera.

——Una hora es mejor que nada.

——¿Qué tal si todos nos reunimos después de la cena, pero un poco más temprano? ——Preguntó Hazel——. Así el bar no estará tan lleno.

Su mirada se encontró con la mía y ella no tenía que decir la verdadera razón por la que ella quería que fuéramos más temprano.

Ya lo presentía...

Mason estaría muy exhausto más tarde esa noche.

Él tenía círculos negros bajo sus ojos. Su cabello era un desastre, pero eso probablemente se debía a que no se había duchado hoy.

——Eso suena bien y estoy seguro de que los otros se apuntarán al plan también. Les mandaré un mensaje de texto, haciéndoles saber que deben reunirse con nosotros esta noche en el bar a las siete ——dije.

Terminé mi almuerzo.

Mason lucía molido y no quería que él sintiera que debía entretenerme o que debía quedarse despierto.

——Toma una siesta. Te veré esta noche ——dije. Ayudé a Hazel a recoger las sobras de comida y a ponerlas en el refrigerador.

Mason desapareció por el pasillo y se metió en su habitación para descansar.

——¿Cómo has estado? ——Pregunté en voz baja.

No quería molestar a Mason o que escuchara nuestra conversación.

——Ha sido demasiado ——dijo Hazel con su mirada puesta en la mesa de la cocina mientras tiraba los platos desechables sucios en la basura.

Tomé los pocos cubiertos y vasos y los llevé al fregadero para lavarlos.

No quería dejar un desorden con el que ella tuviera que lidiar. Ella ya tenía muchas cosas por hacer al cuidar a Mason.

——Él aprecia tu ayuda y que estés ahí para él, ya sea si te lo dice o no ——dije.

——Lo sé ——dijo Hazel. Ella limpió la mesa.

Me quedé frente al fregadero, esperando que el agua del grifo se calentera antes de llenarlo para lavar los platos que quedaron del almuerzo y unos cuantos más que quedaron del desayuno.

——No tienes que lavar los platos.

——Lo sé ——dije.

No me moví de mi lugar frente al fregadero. Una vez que el agua estaba tibia, le puse el tapón al drenaje y dejé que la parte vacía del fregadero se llenara de agua.

Hazel señaló debajo del fregadero.

——El detergente está ahí.

——Gracias. ——Ya sabía donde Mason tenía el detergente. Abrí el gabinete y agarré el líquido. Vertí unas cuantas gotas en el fregadero. La espuma se formó a medida que el agua fluía, creando burbujas ——. ¿Cómo están las cosas entre tú y Mason?

——Están bien. ——Los ojos de Hazel se ampliaron y levantó la mirada para verme——. ¿Por qué? ¿Te ha dicho algo?

Frunció el ceño y arrastró los pies mientras se quedaba de pie en la cocina y parecía estar incómoda por mi pregunta.

No tenía intención de ofenderla o causar un problema entre ellos.

——No, solo sé que mudarse a una nueva ciudad puede ser difícil y también esta el hecho de que no conoces a nadie y estás atrapada aquí cuidando de Mason. Probablemente estás lidiando con mucho ahora.

——¿Qué eres? ¿Un psicólogo? ——Preguntó Hazel. Ella se cruzó de brazos.

——No, solo estoy acostumbrado a escuchar los problemas de la mayoría de los chicos. Mason solía hablar de ti bastante.

Quizás no debí decir nada, pero se me hacía difícil ignorar el hecho evidente de que ambos se gustaban mucho. Al menos sabía que a Mason le gustaba Hazel. No quería ver como ella se alejaba de él cuando él pudiera volver a cuidar de sí mismo eventualmente.

——¿En serio? ——Su voz se quedó atascada en su garganta——. ¿Qué decía? ——Ella se apoyó contra la encimera de la cocina y su mirada nunca me dejó a medida que lavaba los platos uno a uno.

——Él siempre comparó a las chicas con las que salía contigo. Él me contó como siendo joven y estúpido dejó que te marcharas lejos a la universidad.

——Nunca fui a la universidad.

——Oh. ——No sabía que responder a eso.

Ella era la chica con la que había ido a un internado y que después fue punto de comparación para las chicas que vinieron después. Aunque la mayoría de los chicos no había hablado tan abiertamente de sus pasados, Mason se arrepentía de dejarla ir.

——Se suponía ——dijo Hazel——, pero esa es una larga historia, prefiero que cambiemos de tema.

——Por supuesto.

——Mason es un buen hombre. Es solo que todo es demasiado ahora mismo; cuidar de él y hacer que esté lo más cómodo posible. Ni siquiera te contaré lo difícil que es meterlo en la ducha.

Me reí entre dientes.

——Mason es un tipo grande. ——Él era el doble del tamaño de Hazel——. No me estás pidiendo que lo bañe, ¿cierto?

Hazel sonrió.

——¿Lo harías?

——No.

Pensaba que ella estaba bromeando, pero, aun así, no me arriesgaría. Existían ciertas líneas que no cruzábamos.

Ella arrugó la nariz y se rio.

——Maldición. Valía la pena intentarlo.

Terminé de lavar los últimos platos y los puse a secar en el escurridor, apilándolos hasta rebosar.

——¿Hay algo más en lo que te pueda ayudar aquí? Aparte de bañar a tu novio.

Hazel negó con la cabeza.

——Lo tengo bajo control. Limpiaré el lugar mientras Mason toma una siesta. No puedo esperar a que salgamos esta noche. Luego no me lo eches en cara si me emborracho esta noche.

——Mientras no conduzcas.

Sus ojos brillaron de felicidad, algo que no había visto durante todo el tiempo que me quedé para almorzar.

El pensamiento de salir y socializar parecía haber cambiado su humor para mejor. Con suerte, también ayudaría a Mason.

———

Llegué temprano al bar para asegurarme de conseguir una cabina en la que nos pudiéramos sentar juntos.

Había una cabina en la esquina del bar que acomodaría fácilmente a nuestro grupo. La reclamé antes de que alguien más pudiera hacerlo y aunque quería una cerveza, esperaría a que uno de los otros chicos llegara y cuidara nuestra mesa para así ir hasta la barra.

——¡Jaxson!

Le hice un gesto con la mano cuando él entró al bar y empezó a buscar al resto de nosotros.

——¿Dónde está Ariella? ——Pregunté mientras él se sentaba frente a mí en la cabina.

Sus ojos se estrecharon.

——¿Qué? Es algo entre nosotros dos. ——Ya sabían que se estaban acostando, pero no se suponía que el resto de la oficina lo supiera.

Él era su jefe. Técnicamente, todo el equipo de *Eagle Tactical* eran los jefes de Ariella, pero Jaxson se estaba acostando con ella. Ellos también vivían juntos, pero eso no era porque estuvieran juntos. Esa decisión fue el resultado de que su casa se había incendiado unos meses atrás.

——No lo sé. Ariella llegará pronto. ——Jaxson puso las manos sobre la mesa de madera——. Pensamos que sería una buena idea que apareciéramos separados.

——¿Todo esta bien en el paraíso?

No había notado ningún problema, pero ellos eran muy buenos en mantener su relación oculta.

Lo cual era irónico ya que Jaxson se había mostrado irritable y malhumorado durante el breve periodo de tiempo en el que trabajaron juntos antes de que empezaran a dormir juntos.

Ella lo hacía feliz y si los otros chicos no podían verlo, estaban ciegos.

Jaxson señaló con la cabeza hacia la puerta donde entraba Declan junto a Mason y Hazel siguiéndolo detrás.

Salí de la cabina.

——Iré por unas bebidas ——dije.

El bar ya estaba lleno y los clientes esperaban por sus bebidas. Me apoyé en contra de la barra y me crucé de brazos, esperando mi turno.

Una voz suave se aclaró la garganta junto a mí mientras se apresuraba hasta la barra y se sentaba en el banquillo disponible.

La ladrona del café.

Le había hecho un gesto al barman para que me atendiera después, pero él no había venido a tomar mi orden todavía.

——¡Tú! ——dije, posando la mirada en la chica que me había arrebatado mi café caliente y me había dejado de mal humor en la mañana.

Ella rió suavemente y evitó mi mirada. Su cabello largo le cubría parte del rostro, ocultándolo de mí. ¿Era a propósito?

El barman se acercó a mí.

——¿Qué te puedo servir? ——Preguntó él.

——Déjame comprarte una bebida ——dijo Harper y ella se giró sobre el banquillo para verme.

Quería meter el largo mechón de cabello detrás de su oreja, pero mantuve las manos quietas.

——Quiero una cerveza de barril ——le dije al barman——. La que sea que tengas.

Aunque me había acercado a la barra para pedir las bebidas de todos, me encontré interesado en la nueva chica misteriosa que había aparecido en Breckenridge.

¿Estaba de vacaciones aquí como todos los que venían al pueblo?

Harper tomó la tarjeta de crédito de su monedero y la deslizó a través del mostrador de la barra hacia el barman.

——Va de mi cuenta. Yo tendré un vodka con naranja.

El barman sirvió mi cerveza primero y luego preparó el vodka con naranja de Harper.

Aunque no me gustaba que una mujer pagara por mi bebida o que pagara mi cena, Harper se había metido bajo mi piel esta mañana. Lo mínimo que ella podía hacer era disculparse, y dado que eso no estaba sucediendo, me conformaría con una cerveza de barril.

——Gracias ——le dije a ella, tomando un sorbo de mi cerveza. El banquillo al lado de Harper estaba disponible.

Miré de vuelta a mis amigos. Ellos me estaban dando un pulgar arriba cuando notaron que hablaba con Harper.

——Es lo menos que puedo hacer luego de esta mañana ——dijo Harper——. Soy un peligro antes de tener mi café.

Me senté en el banquillo y me moví para encararla.

——Ya somos dos.

Ella no era la única que lidiaba con el peligro, pero me contuve de decir algo.

Ella no necesitaba conocer mi vida, quién era yo o lo que hacía para ganarme la vida. Me gustaba contar con el factor misterioso una vez.

Harper no sabía nada de mí y podía mantenerlo de esa manera.

El barman le entregó el vodka con naranja a Harper y ella tomó un sorbo del liquido naranja; sus ojos se contraían con cada sorbo. ¿No estaba acostumbrada a una bebida tan fuerte? Ella solo había pedido vodka con jugo de naranja.

——¿Qué estás haciendo en Breckenridge? ——Pregunté.

La mayoría de los turistas venían en el invierno para practicar esquí y *snowboarding*. Era común que viniera gente a practicar deportes acuáticos como el *rafting* y el *piragüismo* en el verano, pero todo estaba tranquilo y calmado durante la primavera.

——Vine a hacer volar en mil pedazos al pueblo.

CAPÍTULO DOS

HARPER

Lo había visto entrar al bar; el hombre guapo al que le había robado el café en la cafetería en la mañana.

No pude evitar sentir la rabia que me hizo hervir la sangre mientras esperaba por mi chute de cafeína. Como si no hubiera sido lo bastante malo que la chica detrás de la caja registradora había sido grosera y me había cobrado de más, también se había equivocado con mi nombre.

Luego él entró y le sonrió a ella. Una sola mirada y ella era masilla en sus manos.

¿Eran una pareja? Asqueroso. Quería vomitar. Y también realmente quería mi café.

La barista ya le estaba preparando lo que sea que él había pedido, pero el mío no estaba por ningún lado, y ellas no me habían llamado para avisarme que estaba listo.

Había sido una mocosa malcriada y le había robado su café caliente. Lo había hecho miles de veces en el set del estudio, pero esto no era un estudio cinematográfico. Había sido estúpida y grosera. Y el café era horrible. Amargo y fuerte; me lo tenía merecido.

Había pasado el día en mi habitación de motel.

No había rentado un lugar en el complejo turístico donde leí que el alojamiento era más lujoso.

Mi agente había arreglado que me quedara en esa pocilga así nadie me reconocería. Apestaba. Mi día había sido malo esa mañana sin café y luego fue peor cuando descubrí que los ejecutivos del estudio habían decidido contratar a un equipo de seguridad privado para mantenerme lejos de los problemas.

Me gustaban los problemas.

Al menos eso es lo que el estudio y la prensa reseñaba.

Me había creado una reputación como "la zorra". No había sido difícil y mi agente me había dicho que no tener publicidad, era una mala publicidad.

¿Era eso cierto?

Me habían ofrecido unos cuantos papeles nuevos en películas y me habían mencionado en todos los programas de entretenimiento y en las revistas casi regularmente. Yo era la chica sobre la que tu madre te advirtió. La que robó a tu novio y se acostó con un hombre solo para jugar con él. Excepto que esa no era la *verdadera yo*.

Aún podía contar con los dedos de una mano la cantidad de hombres con los que había dormido en mi vida.

Era tímida, introvertida y odiaba estar sola.

El resto era una actuación. Era una suerte que fuera una actriz y una condenadamente buena.

Había engañado a todo el mundo y en algún punto del camino me había engañado a mí misma al creer que era feliz.

Me senté sola en una mesa y tomé lentamente mi bebida, un vodka con naranja. Quería parecer ruda.

No podía tomar nada que fuera femenino, aunque eso es lo que hubiera preferido.

Alguien podría reconocerme en cualquier momento y tomar una foto de Harper Madison. Estaría en las redes sociales en un segundo. Debía andar con cuidado.

Cuando lo vi a *él* entrar al bar con un propósito en mente. Él caminó hasta la cabina de la esquina, la más grande que había, y se sentó ahí.

No pude evitar mirarlo fijamente, paralizada.

Quería acercarme y entablar una conversación con él para disculparme por haber sido una mocosa esa mañana, pero no pude moverme de mi posición.

Su nombre era Lincoln. O al menos ese era el nombre escrito en su vaso de café, ¿a menos que la chica se había equivocado con su nombre también? Sus amigos llegaron, y eventualmente, él se dirigió a la barra para pedir una bebida. Esa era mi excusa, mi oportunidad de hablar con él y la arruiné al hacer un mal chiste para luego preocuparme de ser arrestada.

Él había sido educado y llamé su atención luego de comprarle una cerveza. Era lo menos que podía hacer, y aunque debí disculparme por mi comportamiento esa mañana, no podía encontrar las palabras.

——¿Qué estás haciendo en Breckenridge? ——me preguntó.

—— Vine a hacer volar en mil pedazos al pueblo.

Era una broma. Una pésima broma ya que había venido para filmar una película.

——¿Perdón? ——Preguntó Lincoln. Sus ojos se desorbitaron y se quedó boquiabierto.

Mi broma acerca de haber venido para hacer volar al pueblo no había resultado.

Él bajó su bebida en la mesa de golpe.

——Era una broma.

Él me tomó por la muñeca y me sacó del banquillo. Sus ojos me inspeccionaron de los pies a la cabeza, lo que envió un escalofrío a través de mi columna.

¿Me reconocía? Usaba un disfraz, pero el bar estaba tenuemente iluminado y este era un pueblo pequeño.

——¿Necesito llamar al sheriff? ——Preguntó Lincoln. Seguía sujetando mi muñeca.

Él podía atar mis brazos detrás de mi espalda y contenerme fácilmente. ¿Era eso lo que quería hacer? Una pequeña parte de mí quería eso de él, su dominio. Él era un tipo bastante atractivo y su naturaleza desafiante hizo que un escalofrío me recorriera la espalda y me hizo sentir toda cálida y agitada por dentro.

——Era una broma ——repetí y me encogí de hombros, tratando de liberarme de su agarre——. ¿Puedes soltarme?

Sus ojos se estrecharon y su mandíbula se apretó. ¿Así era como se sentía molestarlo?

No quería ser testigo de su ira cuando estaba realmente enojado.

——No hay nada gracioso en amenazar nuestro pueblo ——dijo Lincoln.

Él soltó mi muñeca y yo jalé mi brazo hacia atrás rápidamente. Froté la muñeca que él había sujetado firmemente, pero no había marcas.

——¿Por qué estás realmente aquí, Harper? ¿Ese es siquiera tu verdadero nombre?

Suspiré pesadamente y me quedé mirando mi muñeca, sorprendida de que no hubiera un moretón, una marca enrojecida o cualquier evidencia de que él me había tocado.

——Si... No. ——Aun podía sentir su firme agarre, aunque sus manos estaban lejos de mi cuerpo.

——¿Cuál es?

——Es complicado ——dije.

Harper era mi nombre en el escenario, el nombre por el que todos me conocían, pero no era el nombre que me dieron al nacer.

No tenía muchos amigos y las pocas personas que me conocían me llamaban Harper porque así llegaron a conocerme luego de alcanzar el éxito. Excepto por la gente como mi agente y los ejecutivos del estudio que me llamaban como les daba la gana, cuando les daba la gana.

Sus ojos se suavizaron.

——¿Cómo quieres que te llame? ——Preguntó.

Sus palabras eran tranquilas y suaves y su tono parecía genuino, como si se preocupara por mí.

¿No me reconocía como Harper Madison? Tal vez él no veía películas para chicas. Quizás él nunca me había visto antes de esta mañana en la cafetería.

——Harper está bien. ——No podía ocultar quién era incluso si lo intentaba.

Una parte de mí quería esconderse, escapar y no dejar que nadie supiera de mi pasado. Filmar en un pueblo pequeño tenía sus ventajas, pero vivir en uno... no estaba segura de estar hecha para eso.

Estaba bastante segura de que no estaba lista para establecerme en un pueblo con menos de mil habitantes. El estudio donde filmábamos en Los Ángeles tenía a más gente trabajando en el set de filmación que todo el pueblo de Breckenridge.

——Eres Lincoln, ¿no? ——Pregunté.

Sus labios se curvaron en una débil sonrisa.

——Si ——Él tomó un sorbo de su cerveza.

——¿Podemos hacer esto otra vez? ¿Comenzar desde cero? ——Dije y extendí la mano para presentarme ——. Soy Harper.

——Lincoln ——dijo él y me estrechó la mano, riéndose. Él movió la cabeza ligeramente hacia un lado, mirándome detenidamente——. Nunca respondiste por qué estás en el pueblo.

——Oh, claro. ——Me reí entre dientes. Supongo que no me iba a escapar de esa tan fácilmente——. Estoy aquí para filmar algo pequeño para un estudio cinematográfico.

Era una pequeña mentira blanca.

Aunque si estaba aquí para filmar una película para un estudio, no era algo pequeño o insignificante. Solo el presupuesto probablemente era más de lo que valía el pueblo.

Lincoln terminó su cerveza y le hizo un gesto al barman para pedir una segunda.

Pedí otro vodka con naranja contra mi propio sentido común.

Las bebidas eran fuertes, pero no quería que la noche terminara. Aún era temprano y había llamado la completa atención del apuesto extraño, Lincoln, y no por mi estatus de celebridad.

——Yo también quiero otro ——dije.

Lincoln sacó su tarjeta de crédito.

——Yo invito ——le dijo al barman, pasándole su tarjeta de crédito——. Abre una cuenta.

——¿Estás aquí para filmar un comercial o algo así? ——Preguntó Lincoln.

Sus dedos tamborileaban contra la barra mientras se sentaba frente a mí.

Nuestras rodillas se rozaron y mi cuerpo hormigueó al pensar en cómo se veía él sin ropa.

——Algo así ——dije.

Si bien Lincoln era guapo, no era mi tipo usual. Él era fuerte, musculoso y lucía un poco como un leñador gracias a su barba gruesa y atuendo que demostraba que le gustaba las activades al aire libre. Nunca había conocido a un leñador antes. El barman nos trajo nuestras bebidas y las puso sobre la barra. Me incliné para alcanzar mi bebida al mismo tiempo que Lincoln e inhalé su esencia masculina.

Cerré los ojos por un momento y de repente hacía más calor en el bar.

¿Me había sonrojado? ¿Podía él sentir mi atracción? Apenas lo conocía. ¿Qué me pasaba? No bebía tan frecuentemente porque era un peso ligero cuando se trataba del alcohol.

No era de extrañar que me derribara tan fácilmente, pero eso era el resultado de vigilar todo lo que comía para la filmación. Mi agente había sido estricto y frontal al recordarme que debía de contar las calorías ya que la cámara no perdonaba.

Evité su mirada intensa al tomar un sorbo de mi bebida.

——No tenemos que hablar de trabajo ——dijo Lincoln.

Suspiré de alivio. Bien.

——Ya sabes de donde soy. Pareces que tienes una ventaja sobre mí. ¿De dónde eres? ¿Nueva York, Los Ángeles, otro lugar?

——Soy de las afueras de Los Ángeles ——dije——. ¿Has vivido aquí toda tu vida? ¿Vives en una cabaña en el bosque? ——Él lucía como el tipo de persona que evitaba la civilización.

Lincoln rio y puso la botella de cerveza casi vacía en el mostrador junto a él.

——He viajado mucho y pasé un buen tiempo sirviendo en el ejército, pero siempre he llamado a Montana mi hogar.

——¿Estuviste en el ejército? ——Repetí, sorprendida por la manera en que lucía. Siempre pensé que los militares mantenían sus cabezas rapadas, pero ese es un estereotipo.

Los ojos de Lincoln se suavizaron a medida que hablaba.

——Han pasado unos cuantos años, pero si, estuve en el ejército, en las fuerzas especiales.

——Vaya. Eso es impresionante.

No era de extrañar que estuviera definido como una estatua, perfecto en cada manera posible.

Terminé de beber mi vodka con naranja y extendí la mano para tocar su bíceps. Él era realmente grande.

——Me pregunto qué más es grande ——murmuré.

Lincoln me miró fijamente.

——Tus músculos son grandes ——tartamudeé.

¡Mierda! ¿Podía seguir parloteando y avergonzarme aún más?

——Eres sexy.

Aparentemente, sí.

Necesitaba callarme, pero no parecía ser capaz de hacerlo. Las palabras seguían deslizándose por mis labios.

Él tomó otro trago de su cerveza y me aseguré de que había bebido hasta la última gota de mi vodka con naranja antes de hacerle un gesto al barman para pedir otro.

Lincoln negó con la cabeza.

——Creo que ya has excedido tu limite.

——No bebo regularmente ——dije.

El lugar dio vueltas por un momento, pero mi mirada seguía puesta en él más que nada. Era como si él fuera lo único que existía y nada más importaba.

Me apreté el puente de la nariz.

——Puede que tengas razón. Probablemente debería regresar al hotel.

Por mucho que quisiera que él me acompañara, no me sentía cómoda invitándolo a mi habitación.

Tal vez hubiera querido ser *esa chica*, pero no lo era.

——¿Qué tal si te llevo a casa? ——Él le hizo un gesto al barman para que cerrara nuestras cuentas y así poder irnos.

Una sonrisa avergonzada apareció en mi rostro.

——No creo que esa sea una buena idea.

——Tú conduciendo es una peor ——dijo Lincoln.

Él tenía razón, pero por suerte el motel estaba al cruzar la calle y no requería que me pusiera detrás del volante de un auto.

——Me estoy quedando justo por ahí ——dije, haciendo un gesto con la mano.

El barman deslizó un recibo y una pluma para que lo firmara, junto con mi tarjeta de crédito. Ambos cerramos nuestras cuentas.

Él murmuró algo en voz baja.

——¿Qué dijiste? ——Pregunté.

Firmé el recibo, mi firma era un conjunto de curvas y garabatos, ilegible y volví a meter mi tarjeta de crédito en mi monedero. ¿Estaba refunfuñando acerca del costo de las bebidas o preguntándome donde había reservado una habitación?

——Te acompañaré a casa ——dijo Lincoln.

Si él quería acompañarme al otro lado de la calle en la oscuridad, aceptaría esa proposición, pero eso era todo lo que estaba dispuesta a aceptar.

——Haz lo que quieras.

No lo estaba invitando a mi habitación para beber alcohol o para otros actos escandalosos. Estaba oscuro afuera y caminar sola en un pueblo pequeño en el medio de la nada no parecía ser una decisión sabia.

Me deslicé del banquillo, plantando los pies firmemente sobre el suelo, pero mi cuerpo se tambaleó. Había tomado demasiados vodkas con naranja: dos.

——Oh vaya, espera ——dijo Lincoln. Él fue rápido en rodearme la cintura con su brazo para estabilizarme.

Aunque estaba disfrutando de su toque, también no quería darle la impresión de que estaba interesada en algo más, al menos no por ahora. Apenas había conocido al tipo. Bueno, técnicamente, lo había conocido en la mañana, pero seguía siendo el mismo condenado día.

Suspiré, tratando de estabilizarme.

——Estoy bien ——dije y le di un vistazo, mientras él se erguía a mi lado——. No tienes que sostenerme. No me caeré.

Él se inclinó hacia mí y su aliento cálido hacía que mi cuerpo cosquillara.

——Si insistes ——susurró Lincoln y aflojó su fuerte agarre de mi cintura.

Me aparté de su agarre y salí tambaleándome del bar, un pie delante del otro. No tropecé o me caí, pero él tenía razón, no podría haber conducido ningún vehículo. Salí hacia la brisa fresca de la primavera en el exterior y me envolví apretadamente con mis brazos.

Lincoln me seguía el paso caminando a mi lado.

Él se quitó el abrigo.

——Espera ——dijo él y cubrió mis hombros con su chaqueta——. Aquí.

Deslicé mis brazos por las mangas y éstos ya se sentían cálidos. Él usaba una camisa de mangas largas y había sido listo al escoger la ropa que usaba.

——Gracias ——dije y apreté más el abrigo ligero.

No debí aceptar su chaqueta. El aroma de su esencia masculina era intoxicante y hacía que mis sentidos se acrecentaran.

Inhale lenta y profundamente su esencia y mi cuerpo se calentó y cosquilleó.

——¿Estás bien? ——Preguntó Lincoln, frunciendo el ceño.

Mierda. ¿Había notado lo que hice? No, no podría haberlo hecho.

Metí mis manos en los bolsillos de su abrigo, lo que hizo que mis dedos entraran en calor. Juntos, cruzamos la calle tranquila hasta el motel.

¿Por qué había una multitud de vehículos en el aparcamiento? El motel no había estado lleno de gente más temprano cuando me registré en el lugar.

¿Es que todos las habitaciones habían sido reservadas en las últimas horas?

Un destello de una luz brillante me cegó.

Levanté el brazo para cubrir mi cara y mi identidad.

——Maldición ——gruñí y me detuve.

Había sido descubierta.

CAPÍTULO TRES

JAXSON

——Fue bueno que Lincoln se ofreciera a conseguirnos bebidas ——dije. Nuestro amigo y el más reciente miembro del equipo de *Eagle Tactical*, había desaparecido cuando fue al bar y aun no regresaba.

Me habría preocupado si no fuera porque noté como se sentaba en un banquillo y hablaba con la pequeña y linda rubia. Era un observador por naturaleza; mi entrenamiento militar tenía algo que ver con eso, pero había fallado en notar a la rubia que estaba fuera de mi vista. Solo llegué a hacerlo cuando se sentó en el banquillo junto a él.

¿Él se había ofrecido a ir por nuestras bebidas porque quería hablar con ella? ¿O ella se había acercado a él e iniciado la conversación?

Ariella estaba sentada frente a mí.

La enorme cabina se sentía fría y solitaria. La quería sobre mi regazo, acurrucada contra mi cuerpo. Eso tendría que esperar hasta más tarde.

Esta noche. En la privacidad de mi casa. Era complicado... Yo era el jefe de Ariella y habíamos creado una regla de no confraternizar.

No había durado mucho, obviamente. Había sido demasiado difícil para mi trabajar y vivir con ella. Habíamos acordado los arreglos de convivencia antes de que nos involucráramos emocionalmente.

Bueno, algo así...

Habíamos dormido juntos y luego su casa se incendió. Ya que era su vecino de al lado, le ofrecí quedarse. Y una noche se convirtió en dos.

Ella no podía costear vivir en otro lugar y ella era genial con mi hija Izzie.

Pero esconder nuestra relación de los chicos era la cosa más difícil que alguna vez había hecho. Pero no veía otra opción. Ariella necesitaba el trabajo y yo la necesitaba a ella.

Mason se quejó por bajo mientras se sentaba con Hazel junto a mí.

——¿Qué dijiste? ——Pregunté, dándole un vistazo a Mason.

——Quiero una bebida, una que sea fuerte y cargada. Lo que sea ——dijo Mason.

Hazel le dio un golpecito en el brazo en el que no le habían disparado.

Si bien Mason había regresado a casa desde el hospital seis semanas atrás, aún estaba recuperándose. Tomaba tiempo para sanar y recuperarse.

Parecía que estaba a punto de volverse loco y no lo culpaba. No creía que podría soportar estar encerrado en mi casa por seis semanas tampoco.

Él le dio un empujoncito a Hazel con el codo.

——¿En serio me dirás que no puedo beber?

——Eso es correcto, tipo rudo. ——Su mano se deslizó hasta su muslo y yo aparté la mirada——.

Nada de alcohol hasta que el doctor lo autorice. Mañana tienes una cita médica y si él dice que puedes beber como un pez, entonces te llevaré todo el licor que quieras.

——Él no va a decir eso ——dije. No había manera de que un médico hiciera tal declaración.

Hazel pasó una mano por el cabello de Mason, apartándole los mechones oscuros de los ojos.

——¿Qué tal si voy por algo especial para ti en la barra? ¿Algo dulce y virgen?

——¿Estás tratando de molestarme? ——gimió Mason.

Hazel le dio un beso en la mejilla antes de pasar por encima de Ariella y salir de la cabina hasta el bar.

——La ayudaré ——me ofrecí y salí desde el otro lado de la cabina.

Seguí a Hazel hasta la barra, del lado opuesto donde Lincoln y la chica bonita se encontraban.

Ella casi lucía familiar, pero no estaba seguro del motivo. Hazel se apoyó en contra de la barra y le hizo un gesto al barman. El bar estaba lleno de gente, lo que era inusual para un domingo en la noche.

Algunos lugareños se sentaban en la barra, pero había muchas caras nuevas en la mayoría de las mesas, y eso era raro para un pueblo pequeño, especialmente cuando no era temporada de turistas.

¿Había un evento en el complejo turístico *Blue Sky*? Había habido conferencias fuera de temporada en ocasiones y estas hacían que se reservara cada habitación disponible en el lugar y llenaba de turistas todos los sitios locales.

——¿La reconoces? ——Preguntó Hazel, su mirada puesta en la rubia con la que Lincoln hablaba.

Suspiré.

——Parece familiar, pero no estoy seguro de dónde.

El barman finalmente se acercó y pedimos dos jarras de cerveza y un daiquirí sin alcohol para Mason. Le pasé mi tarjeta de crédito mientras él nos decía el costo.

——Mason te va a matar ——susurré en el oído de Hazel. Nunca había visto que el hombre tomara algo femenino en su vida, mucho menos sin alcohol.

Hazel sonrió y se dio vuelta para verme.

——¿Por qué? Le dije que obtendría algo dulce y virgen. Obviamente no soy yo.

Mis ojos se abrieron por completo y volteé la mirada hacia el barman.

——Esa fue más información de la que necesitaba.

Debí haber pedido algo más fuerte que una cerveza esta noche si iba a escuchar el coqueteo entre Hazel y Mason.

——Oh, por favor. Noté como tú y Ariella se miran el uno al otro. Deberías invitarla a bailar ——dijo Hazel

——Somos colegas de trabajo; peor aún, soy su jefe.

Hazel no tenía la más mínima idea de que Ariella y yo estábamos juntos. ¿Cierto?

El barman me pasó un recibo y yo firmé el pedazo de papel antes de que él me entregara dos jarras de cerveza.

Llevé las jarras de vuelta a la mesa y Hazel cargó el daiquirí de fresa hasta la mesa y lo puso en frente de Mason.

——Tienes que estar bromeando ——dijo Mason. Él

no lucía ni un poco emocionado por la bebida granizada en la mesa frente a él.

——Si no te lo bebes, yo lo haré ——dijo Hazel.

Mason deslizó el vaso a través de la mesa hacia Hazel.

——Puedes tenerlo.

Volví al bar para tomar unos cuantos vasos de plástico limpios para la cerveza.

——¿Necesitas ayuda? ——La voz suave y cálida de Ariella me tomó por sorpresa cuando se puso detrás de mí.

Giré y le pasé un par de vasos mientras yo cargaba el resto hasta la mesa.

——Claro. ——Apreciaba su ayuda——. Gracias.

Era particularmente duro el tener que sentarme frente a ella para una salida nocturna y divertida y no ser capaz de tocarla, saborearla y sentir su cuerpo apretado contra el mío. Era pura tortura.

Puse los vasos de plásticos en la mesa y agarré la mano de Ariella antes de que ella volviera a sentarse. Ariella ya había puesto los vasos en la mesa y Hazel empezó a verter la cerveza en cada uno de ellos y los repartió.

——Baila conmigo ——dije, tomando el consejo de Hazel. Si ella no pensaba que era la gran cosas, tal vez los chicos tampoco lo pensarían.

Los ojos de Ariella se abrieron de par en par.

——Jaxson ——susurró ella, manteniendo la voz baja.

Era difícil oírla sobre la música a todo volumen que salía de los altavoces.

——No es noche de karaoke. No te estoy pidiendo que cantes conmigo.

——Si lo haces, te mataré ——dijo Ariella——. Incluso Izzie sabe que no canto.

Me reí en voz baja. Ella me había escuchado cantarle a Izzie cuando la ponía a dormir, y aunque no era nada especial cuando se trataba de cantar, podía entonar una melodía... en su mayor parte.

——Entonces, baila conmigo ——dije y le apreté firmemente la mano.

Era solo un baile. Todo el mundo en *Eagle Tactical* sabía que había química entre nosotros. No tenía nada de malo bailar. Ya era lo suficientemente duro el no tocarla en la oficina, pero no teníamos otra opción. Nadie diría que era profesional el hecho de que quería inclinarla sobre mi escritorio y salirme con la mía con ella.

La acerqué aún más.

Ella gimió y dejó que la apretara duro contra mi cuerpo.

——¿Voy a tener que bailar con todos mis compañeros de trabajo? ——Preguntó Ariella——. Porque no me siento cómoda con ponerme tan íntima con Declan, Aiden, Mason o Lincoln.

Me reí y la apreté más duro contra mi cuerpo.

——Solo yo.

——Bien, porque no quiero sentir a ninguno de ellos apretado contra mí ——susurró Ariella en mi oído.

Ella me rodeó el cuello con los brazos; sus dedos se sentían cálidos contra mi piel.

La miré fijamente a los ojos. Quería besarla, pero no podía hacerlo, no con los otros observando.

No había un rincón o un pasillo al que nos pudiéramos robármela y escapar para compartir besos y momentos íntimos juntos.

——Quiero llevarte a casa y salirme con la mía contigo, Pecas. ——Cada pedazo de fuerza en mí estaba enfocado en controlar mis impulsos.

Tuve que desviar la mirada y mirar lejos. *Ella* era una tentación condenadamente grande. Su esencia. El sentir su cuerpo cálido apretado contra mí. La necesitaba...

Lincoln se levantó y ayudó a hacer lo mismo a la joven rubia.

Supongo que él no se uniría esta noche. Eso me parecía bien. No estaba seguro de cuánto tiempo me quería quedar en el bar y mantener las manos quietas.

——¿Quieres salir de aquí? ——Susurré en su oído.

Pecas sonrió y se rio de mí, solo apartándose un poco.

——Si quiero, pero no podemos. Lincoln se ha ido y Mason necesita de un amigo, así como Hazel.

——Ellos tienen a Aiden y Declan. ——Esos sujetos aun estaban solteros, por lo que sabía. Si estaban saliendo con alguien recientemente, no lo habían mencionado.

——¿Estás sugiriendo que dejemos a Hazel con ellos tres? Esa pobre chica ha estado cuidando a Mason por un mes.

——Más tiempo ——dije.

——¿Cómo?

——Ha sido más de un mes. Han pasado seis semanas desde que ella empezó a jugar a la enfermera que atiende sus heridas. ——Mason no había revelado ningún detalle sucio sobre lo que había o no había pasado entre ellos dos.

——¿Jugar a la enfermera? ——Ariella deslizó las manos a través de mi espalda, sosteniéndome cerca mientras bailábamos de manera íntima——. Probablemente deberíamos regresar a la mesa. Deberías ofrecerte a bailar con Hazel.

——¿Por qué? ——Hazel fue la de la idea que bailara con Ariella, no que no hubiera pensado en ello, pero no estaba seguro de que fuera una buena idea.

Ella se separó de mí y el lugar se sintió más frío. Ariella caminó de vuelta hasta la cabina y se metió en esta de nuevo para sentarse.

Me senté junto a Mason y alcancé la cerveza en la mesa que no había sido tocada.

Hazel se aclaró la garganta y tenía una enorme sonrisa en la cara.

——¿No me vas a invitar a bailar? Yo también quisiera un poco de sexo sobre la pista de baile.

Casi escupí la cerveza y me entró un ataque de tos al escucharla.

Mi teléfono sonó en mi bolsillo, y yo lo saqué para contestar. Lo que sea para salir de esa conversación con Hazel. Seguramente me preguntaría después si Ariella y yo estábamos durmiendo juntos.

——¿*Eagle Tactical*? ——Contesté y me levanté, llevándome el teléfono conmigo mientras me dirigía al exterior, donde estaba silencioso y podía oír lo que me decían.

——Hola, sí. Me gustaría tener información sobre sus servicios de seguridad. Queremos contratar seguridad para la filmación de nuestra producción en el lugar y ésta empieza mañana.

——Si se da cuenta de que estamos en Breckenridge, Montana.

No había escuchado sobre ninguna producción cinematográfica que se estuviera llevando a cabo en nuestro pueblo.

Noticias como esa habrían volado rápido.

——Si, se suponía que el gerente del estudio los contactaría. Pero al parecer él olvidó hacerlo. Me disculpo por avisarles tan tarde, pero necesitamos de un equipo completo de seguridad que nos cuide durante la filmación y la póliza del seguro requiere que la estrella de la película tenga un guardaespaldas.

Suspiré.

——¿Cuánto personal de seguridad requiere durante la filmación en el lugar? ——Pregunté.

——Un equipo de cuatro o cinco sería apropiado, además de la persona que cuidaría de Harper Madison. Te enviaré su foto por mensaje de texto junto con la ubicación de la producción, la cual empieza mañana en la mañana. Debo advertirte. La señorita Madison no... cómo digo esto amablemente, ella no aprecia todo lo que el estudio hace para garantizar su seguridad. Se requiere que ella no sepa nada de sus servicios.

——Así no es como trabajamos ——dije.

No podíamos protegerla si ella no nos quería alrededor.

——No lo estoy preguntando, señor. El contrato estipulará que ninguna persona dentro o que sea empleada por su compañía podrá decirle a la señorita Madison acerca de su guardaespaldas.

——¿Qué si me niego?

——Esa no es una opción.

CAPÍTULO CUATRO

LINCOLN

Nunca había visto el aparcamiento del motel repleto con tantos vehículos, autos, camionetas y furgonetas.

——¡Ahí está ella! ——Gritó un hombre cruzando la calle y que estaba afuera del motel.

Un destello de luz brillante empezó a resplandecer una, dos veces y antes de que pudiera contar cuantas más veces, me di cuenta de que Harper se había detenido y empezaba a cubrir su rostro. Se escuchó como las puertas de los vehículos se abrían y se cerraban de golpe.

Hombres con cámaras y cámaras de video se acercaron corriendo hasta nosotros.

——Vamos a mi camioneta, rápido. ——Agarré la mano con la que no se cubría el rostro y la apuré hasta mi camioneta.

Saqué las llaves de mi bolsillo a medida que nos apresurábamos hacia el asiento delantero.

Abrí la puerta para ella y la cerré de golpe mientras los hombres salían desde el aparcamiento del bar.

¿Quiénes eran? No me quedé a preguntar o a averiguar.

Corrí hasta el asiento del conductor, me metí en la camioneta y encendí.

——Por favor, sácame de aquí. ——Su voz temblaba mientras hablaba.

Ella no necesitaba decírmelo dos veces.

Me puse el cinturón de seguridad, retrocedí con la camioneta y salí pitando del aparcamiento, las ruedas rechinaron en el proceso.

——Gracias. ——Sus palabras fueron suaves y su voz sonaba frágil.

Dejé un rastro de polvo tras mi paso mientras huíamos del bar. Nadie nos siguió, al menos no todavía. Me dirigí hacia el norte del paso de la montaña.

——¿A dónde quieres que te lleve?

Su motel era una pocilga de mierda. El lugar era conocido por tener chinches y no tenía muchos visitantes. No entendía como seguía abierto.

——A algún lugar sin mucha gente en el que ellos no puedan encontrarme.

¿Quiénes eran *ellos* exactamente? *¿Paparazzi?*

Conduje hacia el norte por el paso de la montaña y me dirigí hacia el restaurante.

El lugar estaba en silencio y parecía desierto, nadie se detendría aquí o nos molestaría.

——Seguro. ——No hice preguntas. Al menos no todavía.

Daba un vistazo a través del espejo retrovisor cada cierto tiempo para asegurarme de que nadie nos seguía.

Pude ver a través del espejo retrovisor como los focos de un auto destellaban. Pisé más fuerte el acelerador, subiendo por la montaña más rápido.

Afortunadamente, la nieve se había derretido recientemente, y aunque aún teníamos días nublados, el clima había sido soleado y seco recientemente. Me desvié del paso de montaña y me dirigí hacia el restaurante, apagando los focos.

——¿Cómo puedes ver? ——Preguntó Harper, mirando al camino por delante de nosotros.

No podía ver nada. Avancé lentamente, pero sin detenerme. Necesitaba ser cuidadoso. Había conducido por este camino un montón de veces en la oscuridad, pero nunca con los focos apagados. Me moví poco a poco hacia adelante ya que el camino me era familiar. Los árboles rodeaban ambos lados del camino, lo que hacía difícil ver lo que teníamos por delante. La luna nueva no ofrecía ninguna luz, pero los árboles la habrían ocultado de todas maneras.

Esperé...

Se escuchó rugir un motor detrás de nosotros y yo pasé el camino de acceso.

Pasó otro minuto, y cuando estuve seguro de que el que conducía no nos podía ver, encendí los focos y procedí por el camino hasta el restaurante.

Harper suspiró con pesadéz.

——No te preocupes. Estás a salvo aquí. —— Estacioné la camioneta frente al restaurante y apagué el motor——. Vamos adentro.

Ella salió de la camioneta y me siguió detrás hasta las escaleras del pórtico del restaurante.

Abrí la puerta principal y encendí las luces.

Me apresuré hasta las persianas para cerrarlas y así asegurarme de que nadie nos vería en el interior, y aunque no pretendía quedarme en la planta baja, no quería arriesgarme.

——Vaya ——susurró Harper. Ella se quedó junto a la puerta principal y la cerró luego de entrar.

Cerré otra persiana y éstas oscurecieron el lugar desde afuera.

——Asegúrate de cerrar la puerta.

Harper se giró sobre sus tacones y aseguró el pestillo de la puerta antes de adentrarse más en el restaurante.

——¿Qué sucedió aquí?

——Es una larga historia ——dije. Luego de cerrar todas las persianas, di un vistazo alrededor, satisfecho de que ella no sería descubierta.

Ella me miró fijamente, arqueando una ceja.

¿Estaba esperando que diera una explicación? Ella no era la más comunicativa acerca de los hombres que nos perseguían con cámaras. Asumí que eran de la prensa, pero no estaba seguro.

Nunca había sido perseguido por hombres con cámaras, solo por hombres armados.

Ella se empezó a quitar mi abrigo y los deslizó lentamente por sus hombros antes de pasármelo.

Tomé el abrigo y lo llevé conmigo hasta las escaleras.

——¿Vienes? ——La llamé.

No me di vuelta.

Sus suaves pasos fueron la respuesta.

Ella me siguió por la escalera hasta mi apartamento.

Harper aclaró su garganta.

Encendí las luces y me aseguré de que las cortinas arriba estuvieran cerradas también. Cerré las persianas en la sala de estar que daban hacia el aparcamiento del restaurante. Aunque no esperaba tener visitas, tampoco quería tomar el riesgo. Ella, claramente, no quería ser vista o encontrada.

——Toma asiento ——dije y le hice un gesto hacia el sofá de cuero.

Ella se escabulló hasta la superficie suave. Se quitó los zapatos y puso sus piernas a un lado.

Sus ojos se apreciaban cansados. ¿Estaba exhausta o era el alcohol lo que la hacía somnolienta?

——Gracias. ——Sus párpados se cerraron por un momento antes de que volviera a abrirlos——. Probablemente te estés preguntando de qué se trataba todo eso en el motel.

Abrí el baúl de madera que mi abuela me había dado y saqué una manta para ofrecérsela.

La mano de Harper se extendió y agarró el algodón antes de ponerlo sobre sus piernas. Ella parecía relajarse bajo la calidez de la manta.

——No tienes que explicarme nada ——dije.

No la iba a presionar. Si ella quería contarme, lo haría.

Sus párpados se volvieron a cerrar. Esta vez, bostezó y subió más la manta hasta su barbilla mientras se acostaba en el sofá.

Le dije que tomaría una almohada para que estuviera más cómoda si quería quedarse a dormir ahí esta noche.

——Si tengo que hacerlo ——dijo Harper casi murmurando. Parecía arrastrar las palabras mientras hablaba——. Los *paparazzi* siempre están detrás de mí. Gracias Lincoln. Eres demasiado amable.

——Feliz de ayudar ——dije y suspiré pesadamente. No había tenido la intención de invitarla a dormir en mi lugar, pero ya estaba a punto de quedarse dormida.

Intenté ser silencioso y caminé por el pasillo hasta el armario de ropa de cama, sacando una almohada extra. La llevé a la sala de estar solo para descubrir a Harper roncando suavemente, acostada y dormida en el sofá.

Me agaché hasta altura, sin querer sobresaltarla.

——Te traje una almohada ——dije en un tono suave y calmante y alcé su cabeza solo un poco para poner la almohada bajo su cuello y asegurarme que estaba cómoda.

——Gracias ——murmuró ella.

Apagué las luces y caminé silenciosamente hasta mi habitación.

Mi teléfono sonó desde mi bolsillo y le di un vistazo, notando la docena de mensajes que me había perdido y que eran de mis amigos, los chicos de *Eagle Tactical*. Eso tendría que esperar. Les respondería a todos mañana en la mañana cuando supiera un poco más de lo que estaba sucediendo, asumiendo que ella me lo contaría.

———

Temprano, a la mañana siguiente, mi teléfono sonó desde mi mesita de noche, despertándome al romper el alba.

——Si, habla Lincoln ——dije, respondiendo la llamada.

Ni siquiera sabía quién llamaba ya que había estado medio dormido cuando contesté el teléfono.

——Estoy abajo en tu restaurante. ¿Puedes bajar?

——¿Jaxson?

¿Qué hacía él visitándome un lunes en la mañana? ¿Teníamos un nuevo cliente? Eso era lo único que tenía sentido. Pero, ¿Por qué estaba aquí en lugar de llamarme?

——Si, vístete y ven abajo.

Pasé una mano por mi cabello.

——Si. Bajaré en un minuto. ——Terminé la llamada y arrojé el teléfono sobre mi cama.

Di tumbos en la habitación a oscuras y tomé un par de *jeans*, una camisa negra y medias, y me vestí antes de ponerme los zapatos y salir silenciosamente de la habitación pasando la sala de estar.

Parecía que Harper seguía durmiendo. No quería despertarla. Me apresuré a bajar las escaleras. La luz brillante del restaurante hizo que mis ojos ardieran.

Jaxson estaba abajo, apoyado contra el mostrador que había sido atestado con docenas de balas.

——Buenos días ——dijo Jaxson——. Vine a visitarte, pero vi que tienes compañía.

Pasé una mano por mi cabello enmarañado.

——Si. Noche ajetreada.

No quería explicar más, y aunque Jason podría haber pensado que algo ocurrió entre la chica con la que dejé el bar y yo, no iba a confirmar o negar sus sospechas.

Yo no era del tipo que hablaba de sus rollos.

——Pudiste solo haber llamado ——dije y me crucé de brazos.

Necesitaba un café, pero la cafetera había sido destruida a disparos, y esas pequeñas cápsulas de café no le hacían justicia.

——Te envié un mensaje anoche, pero no contestaste.

——Si, estaba ocupado. ——Pasé una mano por mi cabello y me dirigí de vuelta a la cocina para al menos buscar un vaso de agua para mí——. Sé que no solo has venido para decirme que me enviaste un mensaje.

Eso no se parecía en nada a Jaxson. Algo había sucedido, pero no tenía la más mínima idea de que. Jaxson me siguió hasta la cocina y se quedó parado en la entrada.

——Tenemos un nuevo cliente. Un estudio de Hollywood nos contrató como su equipo de seguridad mientras filman una producción cinematográfica en las próximas semanas.

Levanté el vaso de agua hasta mis labios e hice una pausa.

——*Paparazzi* ——murmuré por lo bajo.

No era de extrañar que el estudio necesitase seguridad. No era la gente de Breckenridge la que interfería con la filmación o la que acosaría a los actores.

——Si, es lo más probable ——dijo Jaxson——. Ellos en su mayor parte quieren que mantengamos a los mirones lejos y asegurarnos de que los actores estén a salvo. Hay otra cosa.

Terminé de beber del vaso y lo puse en el fregadero.

——Por supuesto que la hay. ——Siempre había algo más.

——El estudio pidió que un miembro de nuestro equipo sea el guardaespaldas de la estrella principal fuera del horario laboral. Creo que tú deberías ser el que lidie con la estrella en ascenso. Ella es joven, un problema y ya la has conocido.

——¿Qué? ——Mi cabeza dio vueltas.

——Harper Madison. La chica arriba en tu apartamento, ella es la estrella en ascenso de Hollywood. El estudio mencionó que ella podría no estar de acuerdo con tener un guardaespaldas, pero es un requisito para que la película pueda ser financiada y para que la compañía de seguros le dé su aprobación. Al parecer, a ella le gusta meterse en problemas.

¡Mierda!

Era muy temprano para escuchar esto acerca de Harper.

——No me digas.

Jaxson se acercó.

——Escucha, ni siquiera te pediría que hicieras esto, pero vi la manera en la que ella te miró, se abrió a ti y asumo que ella confía en ti.

——Ella no confiará en mí cuando descubra que me contrataron como su guardaespaldas personal ——

dije. Ella no parecía ser del tipo que apreciaría el que haya sido contratado para cuidarla.

Quizás estaba equivocado y ella se alegraría, pero teníamos que mantener las cosas profesionales entre nosotros. Yo no me acostaba con mis compañeras de trabajo o clientes.

Jaxson suspiró pesadamente y su mandíbula se apretó.

——Te aconsejo que no le digas nada. Invítala a cenar esta noche, luego de la filmación y dale un *tour* por el pueblo. Hazle pasar un buen momento, pero no tan bueno.

——Tuvimos un par de bebidas anoche. Eso fue todo ——dije.

No entré a detalles acerca de los hombres persiguiéndola con cámaras afuera de su habitación de motel de mierda. ¿Jaxson necesitaba escuchar de eso? Tal vez si él fuera su guardaespaldas, pero él me estaba poniendo a cargo.

——Lo sé. Fui arriba y no pensé que hubieras acostado con la chica durmiendo en tu sofá. Es por eso que confío en ti como su guardaespaldas.

¡Genial!

Por mucho que quisiera ser yo, tampoco estaba listo para el drama.

——Quieres que sea su guardaespaldas.

Ella iba a matarme. Solo tenía que asegurarme de que ella nunca se enterara de que había sido contratado para protegerla.

——Si. ——Jaxson se calló cuando escuchamos que la puerta en la planta alta chirriaba y se cerraba.

Harper se había despertado y se dirigía a bajar las escaleras.

Jaxson caminó alrededor de la esquina hasta la cocina y me hizo un gesto con la cabeza para que saliera hasta el restaurante.

Podía oír sus pasos ligeros sobre los escalones de madera.

——Buenos días ——dije, saludándola.

Ella parecía estar bastante arreglada para haber pasado la noche durmiendo en el sofá y haber bebido mucho.

——Buenos días. ¿Te importaría llevarme al motel? Necesito recuperar mi auto.

——Por supuesto. ——Hurgué en mis bolsillos, buscando mis llaves y la guie hacia el exterior, cerrando con llave detrás de mí.

Di otro vistazo en dirección a la cocina donde Jaxson se había escondido. Llevé a Harper hasta mi camioneta. Esta mañana, junto a ella, se encontraba el sedán de Ariella había sido estacionado y abandonado.

——¿De quién es ese vehículo? ——Preguntó.

Ella se subió al asiento delantero y miró alrededor. ¿Estaba preocupada de que hubiera más *paparazzi* alrededor, buscándola?

——Le pertenece a uno de los tipos que me están ayudando con las reparaciones del restaurante. —— No era una completa mentira. Jaxson había mencionado como no le importaría hacer renovaciones en el interior.

¿Por qué diablos había traído el auto de Ariella?

Puse la camioneta en reversa y salí hasta la carretera que habíamos recorrido la noche anterior.

Harper se sentó en silencio, mirando por la ventana.

——¿Puedo preguntarte algo?

——Claro. ——Tenía el presentimiento de que igual lo haría.

——¿Qué le sucedió a tu restaurante? Esos agujeros de balas no son parte de la decoración.

Resoplé en voz baja.

——Esa es una nueva forma de verlo. Y no, son cien por ciento reales.

Me tomaría un tiempo contar esa historia y tal vez me daría la oportunidad de verla esta noche cuando estuviera trabajando y cuidando de ella.

——Es una larga historia. ¿Qué tal si te la cuento esta noche en la cena?

——Tengo que trabajar, pero te enviaré un mensaje cuando salga. Podría ser un poco tarde ——dijo Harper.

——Eso está bien.

Contemplé la idea de sacar mi teléfono para que ella registrara su número en él, pero lo pensé mejor. ¿Qué si ella leía los mensajes que hablaban del trabajo de seguridad para el estudio que había sido arreglado con *Eagle Tactical*?

——Saca tu teléfono. Te daré mi número. ——Esperé a que ella sacara su teléfono y recité los dígitos así ella podría comunicarse conmigo más tarde.

Unos minutos más tarde, nos estacionamos al frente del mote. El aparcamiento estaba casi vacío, a diferencia de la noche anterior.

Reconocí la camioneta de Aiden en la distancia. Él vigilaba el aparcamiento del motel; al menos Harper estaría a salvo.

Necesitaba ir a casa y ducharme. Mientras no estuviera en el set, ella nunca sabría que trabajaba para *Eagle Tactical*.

CAPÍTULO CINCO

ARIELLA

Froté el sueño de mis ojos cansados y fui dando trompicones hasta la cocina; la luz brillante se reflejaba a través de las persianas.

Entorné los ojos.

Mis ojos no se ajustaron lo suficientemente rápido y se me hizo difícil ver algo. Mi sistema nervioso autónomo apestaba. Era una de las desafortunadas con un trastorno que era difícil de entender para los doctores.

——¿Estás bien? ——La voz cálida de Jaxson llegó a mis oídos cuando él envolvió sus brazos alrededor de mi cintura, estabilizándome.

Mi cuerpo se derritió en su abrazo, su toque era cálido y tentador.

No quería alistarme para ir a trabajar.

——Es solo mi vista. ——Podía sentir como me miraba y su preocupación se sentía pesada sobre los dos——. Estoy bien; no es nada.

Lo último que quería era preocupar.

Quería volver a meterme en la cama, o para ser más específica, *su* cama, pero éramos cuidadosos; ya que Skylar estaba de visita y su niña se invitaba sola y de manera constante a su habitación, dormía en la habitación de huéspedes más noches de las que me gustaría.

——¿Solo tu vista? ——Repitió Jaxson——. No me gusta como suena eso.

Él me hizo retroceder varios metros, sujetándome contra los gabinetes.

Su cuerpo atrapó el mío.

——¿Jaxson?

Él levantó su mano derecha hasta mis ojos.

——¿Cuántos dedos estoy alzando? ——Preguntó.

Mis ojos ya se habían ajustado para el momento en que él me atrapó en contra de la encimera, pero no había querido admitirlo. Me gustaba estar apretada contra él, su guardia estaba baja mientras se enfocaba en mí.

——¿Ariella?

Él sonaba preocupado porque no le había respondido lo suficientemente rápido.

——Tres dedos ——dije——. Mi vista solo tarda un poco más en adaptarse que la de otras personas. Las luces brillantes o pasar de una habitación a oscuras a un lugar con mucha iluminación es difícil, y que Dios me ayude cuando regreso a la oscuridad luego de eso.

Él colocó un mechón de cabello detrás de mi oreja, su toque removía el deseo que provocaba en mí.

——¿Entonce qué sucede? ——Preguntó Jaxson.

Sus dedos jugaron con mi cabello y se deslizaron por mi cuello mientras me acercaba.

Quería besarle, pero habíamos acordado tomarnos las cosas lentamente alrededor de Izzie y Skylar, sin mencionar que estábamos escondiendo nuestra relación de nuestros compañeros de trabajo, los chicos de *Eagle Tactical*.

——Empiezo a ver estas formas extrañas y luego tengo nauseas.

Skylar entró rápidamente a la cocina, ajena al momento íntimo entre nosotros.

——Tengo eso también. Ver halos es lo peor. Bueno, técnicamente, las migrañas son lo peor, pero no puedo soportar cuando experimento uno de esos viajes visuales ——dijo Skylar.

Jaxson desenredó su mano y la apartó antes de dar un paso atrás lejos de mi espacio personal.

Gemí en protesta y él puso sus ojos en mí.

Odiaba que teníamos que jugar a este juego, y ser cuidadosos acerca de lo que podíamos hacer o no alrededor de otras personas.

Quería abrazarlo y clavar mis labios en los suyos, sin preocuparme por quien nos observaba o por lo que ellos pensaban o sentían. Éramos adultos.

——¿Estás viendo un halo ahora mismo? —— Preguntó Jaxson.

——No, estoy bien ahora. Gracias.

Skylar me dio una mirada de muerte.

¿Qué había hecho para molestarla? ¿Siquiera pensaba en mudarse de la casa de su hermano?

——¿Has escuchado algo de Mason? ——Pregunté, tratando desesperadamente de cambiar el tema.

Jaxson alcanzó su café y tomó un sorbo.

——Él tiene una cita médica esta tarde. Él espera que el doctor lo autorice a regresar a la oficina mañana.

Pasé junto a él para ir al gabinete que contenía las tazas y tomé una para mí.

——¿Cuán factible es eso? ——Pregunté, sirviéndome una taza de café.

A él le habían disparado dos veces. Tomaba tiempo para sanar, pero ¿cuánto tiempo necesitaba?

——Él parecía estar bien anoche.

——Podría ir de cualquier forma ——dijo Jaxson——. Estaré feliz de que regrese, pero si, él pareció haberse divertido anoche, lo que me recuerda, necesito pasar por el lugar de Lincoln esta mañana antes de ir a trabajar.

——¿Oh? ——No tenía idea de lo que él necesitaba discutir antes del trabajo, pero no era mi asunto——. ¿Quieres que aliste a Izzie esta mañana y la lleve a la guardería?

La había ido a recoger unas cuantas veces por él así que ya conocía su rutina.

——Eso sería de gran ayuda ——dijo Jaxson. Él me dio un beso casto y rápido en mi mejilla.

Me congelé, sorprendida por el gesto.

¿Qué si Izzie venía corriendo a la cocina?

Aunque ambos estábamos conscientes de que Skylar sabía de nuestra relación, tratábamos de ser discretos alrededor de Isabella.

Jaxson no quería confundir a su hija y el hecho de que estaba viviendo bajo su techo... bueno, no ayudaba al asunto tampoco.

——¿Puedes asegurar su asiento en mi vehículo? —— Pregunté.

——Haremos algo mejor, llévate mi camioneta hoy ——dijo Jaxson.

——¿Estás seguro? ——Él nunca me había ofrecido conducir su camioneta antes.

¿No le preocupaba que los chicos de *Eagle Tactical* dijeran algo? Si bien ellos sabían que estaba viviendo con Jaxson, eso era porque mi casa al lado de él se había incendiado.

¿Cuánto tiempo más podríamos usar esa excusa?

——Confío en ti con mi hija, Pecas. Puedes estar segura de que ella es más importante para mí que mi camioneta.

Tomé un largo sorbo de mi café. Mis mejillas se sintieron calientes bajo su mirada.

——Necesito que te unas a mí en un trabajo fuera de la oficina. Nuestros clientes más recientes requieren del equipo completo para el trabajo que nos encargaron ——dijo bebiendo su café mientras le daba un vistazo a Skylar. Era evidente que él no se sentía cómodo discutiendo los detalles en frente de ella——. Ya que Mason no está disponible, te necesito en el lugar hoy en vez de la oficina.

Tenía tantas preguntas por hacer, pero él negó con la cabeza para indicarme silenciosamente que no debía hacerlas ahora mismo.

——Está bien.

Mi estómago se llenó de nervios.

¿Qué se requeriría que hiciera allí? No era una agente de ese tipo, incluso durante mi tiempo en la C.I.A., siempre me quedaba detrás de un escritorio o enterrada detrás de una computadora en una habitación de hotel

——Le enviaré al equipo el punto de encuentro por mensaje de texto. Solo ven cuando hayas terminado de dejar a Izzie en la guardería.

Mi aliento se atascó en mi garganta.

——Claro.

Jaxson se acercó un poco más.

¿Él se había dado cuenta de mi titubeo? Él puso su mano cálida y fuerte sobre mi brazo.

——Puedes hacer esto, Pecas. Prometo que no te incluiría en esta clase de trabajo si no creyera que estás lista para ello.

Le sonreí débilmente.

——Lo aprecio ——era cierto, aunque me sentía enferma al solo pensar en lo que tenía que hacer, y ni siquiera estaba segura de lo que implicaría.

——Pareces como si fueras a vomitar ——murmuró Jaxson. Él suspiró pesadamente y agarró mi mano para llevarme hasta el baño, cerrando la puerta tras él.

——¿Jaxson?

¿Qué estaba haciendo?

——Respira ——dijo, mirando directamente con sus ojos azules a mis ojos.

Dejé salir la respiración pesada que no me había dado cuenta de que estaba sosteniendo. Jaxson apretó mis manos y yo di un vistazo abajo a nuestras manos unidas. Las mías temblaban.

——Puedes hacer esto, Pecas. ——Él apretaba una de mis manos y encendió el ventilador del baño con la otra.

——¿En serio? ——Pregunté, mi voz era un chillido. Hice una mueca y exhalé por un rato, tratando de tranquilizarme——. No soy una agente de campo.

Trabajo bien en una oficina, dónde hay estabilidad y estructura.

Él envolvió mi cintura con sus fuertes brazos y me apretó contra su cuerpo.

——Solo imagina que estás haciendo el trabajo de oficina en el exterior ——dijo Jaxson.

Su aliento le hacía cosquillas a mi cuello y sus labios acariciaron mi piel. Suavemente, él dejó caer besos suaves justo detrás de mi oreja.

Él era mi perdición. Todo el tiempo.

——Puedes hacer esto, Pecas ——dijo Jaxson de nuevo.

Exhalé pesadamente a través de la nariz. Mis ojos se cerraron y yo asentí.

——Me haré cargo. ¿Cuál es la asignación?

Él me había traído al baño para decírmelo, ¿no era así? Lejos del oído de Skylar, que tenía una gran bocota.

——Hay un equipo de filmación para una película que empieza esta mañana. Ellos están solicitando a un equipo de seguridad para que monitoree la producción y se asegure de que nadie entre al set sin ser invitado.

——¿Eso es todo? ——Suspiré aliviada——. Ahora me siento como una idiota.

——No tienes por qué ——dijo Jaxson——. No puedes evitar la manera en cómo te sientes o cómo reacciona tu cuerpo. ——Él me apretó duro contra él y puso una mano en mi espalda baja y estampó la otra en mi trasero.

Sonreí y me incliné, robándole un beso, ya que no estaba segura de cuándo tendría la oportunidad de nuevo con él.

Solo nosotros dos, sin nadie alrededor.

———

Nunca había hecho de guardaespaldas, pero Jaxson necesitaba una persona más, y aunque no lucía ni un poco amenazante, al menos podría asegurarme de que nadie que no perteneciera al set anduviera por ahí. Además, tenía un *walkie-talkie*, y debía avisarle a Jaxson si veía a alguien sospechoso.

No esperaba que sucediera mucho.

Nadie sabía que había un equipo de filmación en el pueblo, pero la gente hablaría cuando notara que las calles estaban cerradas y que los tráileres del reparto se encontraban estacionadas al aire libre justo afuera de la carretera principal. La gente local vendría, curiosa acerca de la producción en el pueblo de menos de mil habitantes.

Aunque no había vivido en Breckenridge por mucho tiempo, ésta era probablemente la cosa más interesante que había sucedido en los meses de primavera, cuando se cerraba la temporada de esquí y *snowboarding*.

Era difícil apartar la mirada de Jaxson.

Mientras él hacía guardia afuera del tráiler de un miembro del elenco, específicamente la de Harper Madison. Mi responsabilidad era asegurarme de que todos los miembros del equipo usaran un distintivo para identificarlos fácilmente.

El trabajo era fácil en su mayor parte, solo consistía en asegurarme de que nadie que no perteneciera al set entrara.

¿Acaso alguien aparte del equipo de producción sabía que Harper Madison se encontraba en el pueblo? Ella probablemente había usado un nombre falso para registrarse en donde sea que se estuviera hospedando.

Cuando las estrellas hicieron una pausa para almorzar, tomé un bocadillo rápido para comérmelo en mi auto y disfrutar de la soledad. No podía almorzar con Jaxson por mucho que me hubiese gustado porque ambos no podíamos tomarnos una hora libre al mismo tiempo.

Terminé mi almuerzo con rapidéz y caminé a través del aparcamiento, de vuelta al set.

De pronto sentí como algo afilado me pinchaba el cuello. Levanté la mano para frotar el dolor y mi visión se volvió borrosa. Abrí mi boca para gritar cuando sentí que una mano la cubría. Mi cuerpo se derrumbó y casi cae al suelo, pero un par de brazos me sujetaron. La oscuridad se apoderó de mí.

CAPÍTULO SEIS

HARPER

Quería una verdadera comida casera o algo delicioso, no la comida gourmet de catering que había sido traída para el elenco y el equipo de producción durante la filmación.

Si bien apreciaba el esfuerzo, quería tener una hora para mí sola, lejos del set.

Salí del tráiler con mi bolso en el hombro y me puse unos lentes de sol. Evité al equipo de seguridad quienes eran un montón de tipos atractivos, pertenecientes al área, antiguos militares y lucían listos para patear traseros.

Si no hubiera conocido a Lincoln la noche anterior, habría considerado coquetear con uno de ellos, pero eso era todo una actuación para ser honesta.

Era quién quería ser, no quién realmente era como persona.

Tomé una gorra de béisbol que había sido abandonada en una silla cercana y metí mi largo cabello rubio en ella, tratando de disfrazarme lo mejor que podía.

Nadie parecía notarme por estar vestida como cualquier otra persona. Ya que tenían su atención puesta en otra cosa, me escabullí del set hacia el aparcamiento, un campo segado, para buscar mi auto rentado.

Se me pusieron los pelos de punta.

Una mujer de largo cabello y oscuro se había desplomado y un hombre la atrapó desde atrás para sostenerla en sus brazos.

Él la cargó a través del aparcamiento.

——¡Oye! ——Grité, corriendo detrás del hombre.

¿Qué diablos estaba ocurriendo? ¿Ella estaba bien? No la miré lo suficiente como para saber si era alguien de la filmación que conocía. Él la cargó hacia una furgoneta blanca.

——Ocúpate de tus propios asuntos ——contestó bruscamente.

Él abrió la puerta trasera de su vehículo.

Me apresuré a correr detrás de ellos y metí una mano en mi bolso. Agarré la lata rosa llena de gas pimienta y la sostuve en alto, amenazando al secuestrador.

Todo me indicaba que ella se encontraba en peligro, que quien sea que era este tipo, buscaba hacerle daño.

——¡Déjala ir! ——Grité, esperando que alguien escuchara mis gritos.

¿Dónde diablos se encontraba el equipo de seguridad que había sido contratado para vigilar el set? Él no fue ni un poco amable con la morena cuando la arrojó en la parte trasera de la furgoneta.

Yo sostenía la lata de gas pimienta, lista para rociarla cuando él se diera la vuelta, pero él me la arrebató de mis pequeñas manos y me dio una bofetada.

Mi mejilla y ojos ardían n de miedo.

——Entra.

Él hizo un gesto hacia la puerta trasera abierta donde la mujer joven yacía sin moverse.

¿Estaba inconsciente? ¿Muerta?

——No, no voy a ninguna parte contigo.

Di un paso atrás, insegura de como podía ayudar a la mujer en la furgoneta.

Si me iba con ella, mi vida correría peligro. No era valiente. No era intrépida. Era solo una actriz, y aunque podía desempeñar un papel, éste involucraba líneas y guiones. No podía desempeñar este papel, no en el que tenía que parecer fuerte.

Él me agarró por la cintura y me arrojó en la parte trasera de la furgoneta.

——¡No! ——Chillé y me abalancé sobre el hombre, clavándole mis uñas en sus ojos y forzándolo a tropezar hacia atrás. Aproveché el momento para lanzarme fuera de la furgoneta, pasando junto a él y tropezando con mis pies.

Me estrellé contra el pasto y tragué polvo.

——¡Perra! ——Gruñó el perpetrador y empezó a buscar algo en la furgoneta.

No me iba a quedar a esperar y ver si tenía un arma u otra cosa.

Me apresuré a ponerme de pie y corrí entre los autos, agachándome para que él no pudiera verme. Me mantuve cerca del suelo y traté de escuchar sus pasos o su respiración entrecortada.

Por mucho que quisiera ayudar a la mujer en la furgoneta, lo mejor que podía hacer por ella era conseguir ayuda.

Si él tenía un arma, tenía una ventaja sobre mí.

Me quedé abajo, en el suelo, y me apresuré a través del aparcamiento repleto hacia el set de producción.

Levanté la cabeza y escuché como rechinaban los neumáticos y dejaban un rastro de polvo a su paso. La furgoneta blanca salió pitando del aparcamiento.

Ya no necesitaba agacharme o esconderme del perpetrador. Era libre, pero ella no.

CAPÍTULO SIETE

JAXSON

Harper vino corriendo hacia mí, sus mejillas estaban enrojecidas, los lentes de sol que usaba los tenía sobre su cabeza y llevaba en su mano temblorosa una gorra de béisbol.

——¡Ayuda! ——Harper recorrió el set de filmación de un lado a otro, buscando a alguien.

Me apresuré a ir a su encuentro, sin tener claro que le sucedía.

¿Se habían acabado los mini sándwiches del almuerzo? Ella lucía frenética y en pánico, pero ni siquiera podía entender que la tendría tan alterada.

——¿En qué te puedo ayudar? ——Pregunté con tranquilidad, tratando de calmar la ansiedad que parecía estar experimentando.

——¡Él se la llevó! ——Dijo entrecortada y con ojos desorbitados mientras señalaba detrás de ella, al aparcamiento.

——Vaya, cálmate. ¿Puedes decirme lo que viste? ——Le hice un gesto a Aiden para que viniera.

No podía ver a Ariella o Declan desde donde estaba. Aiden vino corriendo, sintiendo la urgencia del asunto.

Él no dijo nada y solo escuchó.

——Me dirigía hacia mi auto ——dijo Harper——, y estaba este hombre, algo grande, más alto que yo y de cabello y ojos oscuros, cargando a una chica hacia su furgoneta, una furgoneta de color blanco. Ella estaba inconsciente o al menos eso espero y no que estuviera muerta.

Tragué el nudo en mi garganta.

——¿Pudiste ver el número de matrícula? —— Pregunté.

Harper negó con la cabeza. que esto no fuera un juego o un ardid publicitario de su parte, pero el temblor en su voz me hizo confiar en ella.

——Él trató de llevarme también, así que me defendí y corrí ——dijo Harper.

——Bien. ——Lancé un suspiro largo y pesado——. ¿Conoces a la chica que se llevó?

Ella negó con la cabeza.

——No la reconocía, pero no soy buena en reconocer a las personas. La chica tenía el cabello largo y oscuro. Lo siento. Desearía poder ayudar más. —— Harper se mordió el labio inferior——. ¿Podemos hacer un recuento o algo así en el set?

——Esa no es una mala idea ——dijo Aiden——. No hay cámaras de seguridad en el aparcamiento.

——¿Alguno de ellos tenía alguna marca distintiva? ——Pregunté, tratando de refrescarle la memoria antes de que ésta se nublara y se disipara con el tiempo.

——No. No recuerdo nada en específico.

——¿Qué hay del vello facial? ——Pregunté——. ¿Llevaba lentes? ¿Algún tatuaje?

——No usaba lentes, definitivamente. Le clavé los dedos en los ojos cuando intenté escaparme. No recuerdo que tuviera vello facial o tatuajes.

——Eso es bueno ——dije.

Aiden sacó su teléfono y llamó al departamento del sheriff de la localidad. Necesitábamos reportar el secuestro y así con suerte obtendríamos a un equipo que revisara el área junto a un helicóptero volando en el cielo que encontrara la furgoneta.

Me encontré con su mirada luego de que él colgara el teléfono.

——Encuentra a Ariella. Haz que ella y Declan creen una lista en la que podamos ir nombre por nombre y encontrar la persona faltante.

——¿Quién es "Ariella"? ——Preguntó Harper.

——Uno de nosotros, parte del equipo de *Eagle Tactical* ——dije, sin dar más explicaciones.

Los ojos de Harper se abrieron de par en par y señaló hacia el aparcamiento.

——¿Cabello largo y oscuro y de la misma altura y constitución que yo?

Saqué mi teléfono de mi bolsillo.

——¿Tienes una foto de ella? ——Preguntó ella.

——Ya estoy en ello ——dije, desbloqueando mi teléfono.

Abrí la galería de fotos y me desplacé a través de unas fotos de Izzie antes de dar con una donde Ariella estaba trenzando el cabello de Izzie mientras estaban sentadas en el sofá.

——Aquí tienes. ——Contuve el aliento, esperando que se hayan llevado a otra persona y no a *ella*.

Harper le dio un golpecito a la pantalla del teléfono.

——Ésta es definitivamente la chica que vi ser llevada hasta la furgoneta.

Tomé mi teléfono y abrí el navegador web para buscar a Benjamin Ryan.

¿Podría estar en Breckenridge? Él había declarado en las noticias que se iba a reencontrar con su esposa, pero nunca esperé este tipo de reunión. ¿Él había mostrado signos de violencia en el pasado? Ariella no me lo había mencionado. Ella había dejado en claro que todo se había acabado entre ellos dos. ¿Era esa la razón?

——¿Qué hay acerca de este sujeto? ¿Él era el que conducía la furgoneta? ——Le mostré a Harper la pantalla de mi teléfono con una foto de Benjamin Ryan. No había sido difícil encontrar su foto policial.

Harper asintió.

——¿Sabes quién es? ——Ella pareció respirar aliviada——. Eso significa que puedes ayudar a encontrarla, ¿no es así?

——Sí, sé quién es. Nunca lo he conocido. ——No estaba emocionado de conocerlo tampoco——. Deberías regresar al set. Necesito hacer una llamada y encargarme de algunas cosas.

——Está bien ——dijo Harper.

Ella parecía algo más calmada y menos estresada al saber que nosotros conocíamos a la chica desaparecida y quién se la había llevado.

No me sentía ni un poco mejor al saber que Ariella había sido secuestrada por Benjamin.

¿Adónde diablos se la llevaría?

¿La había drogado?

Ella no habría querido ir con él voluntariamente. Harper había mencionado que Ariella había estado inconsciente.

Caminé a través del campo lleno de pasto, lejos de los tráileres y de quien pudiera oírme antes de llamar a Lincoln.

——¿Qué sucede?

——Siento molestarte, no lo habría hecho si no fuera una emergencia real, pero necesito que vengas aquí y me cubras. Ariella ha sido secuestrada.

Sentí como el peso de un bloque se alojó profundamente en mi estómago y se me hizo difícil respirar.

——Cálmate, Monroe ——dijo Lincoln, usando mi apellido——. ¿Estás seguro de que ella no se fue a dar un paseo?

Negué con la cabeza, olvidando que Lincoln no podía verme. Hice una mueca y finalmente le respondí, pateando una piedra descarriada en el pasto.

——Harper vio como la metían en la parte trasera de una furgoneta.

No podía quedarme de brazos cruzados, pero tampoco podía irme en medio de una asignación. No podría hacerlo hasta que tuviéramos ayuda extra.

¿Y qué si Benjamin era una distracción?

——Mierda. Voy para allá ahora mismo. Llamaré a Mason en el camino y veré si él ha salido de su cita médica y cómo resultó.

——Gracias. ——No había querido molestar a Mason, pero estaba bastante seguro que él querría saber lo que estaba sucediendo.

Las sirenas se escucharon a la distancia.

——El sheriff debería llegar en cualquier momento.

——Bien. Todavía estoy a veinte minutos de distancia. El resto del equipo dará una vuelta por ahí y ayudarán en la búsqueda cuando la filmación de la película termine por la noche. Mantennos informados ——dijo Lincoln.

——Lo haré.

Terminé la llamada y volví a meter el teléfono en mi bolsillo, aliviado cuando vi a una patrulla acercándose.

———

El sheriff hizo un llamado a todas las unidades para que buscaran la furgoneta blanca junto con un aviso de que Benjamin Ryan debería ser considerado armado y peligroso y tenía un rehén.

Necesitaba que Aiden hiciera su magia con la computadora y hackeara cada documento y cuenta que Ben tenía, para localizar a donde pudo haberse llevado a Ariella.

Lincoln entró en el aparcamiento y estacionó su camioneta. Él corrió hacia mí.

——¿Alguna nueva noticia?

——Nada todavía ——dije mientras rondábamos la patrulla.

——¿Ella tiene el teléfono consigo? ——Preguntó Lincoln.

——Si lo tiene, está apagado y le han removido la batería. No mostró ninguna señal cuando intentamos acceder a su teléfono. ——Habíamos intentado de todas las maneras convencionales——. Ben no es el tipo de persona que la raptaría para conseguir un rescate.

El sheriff Nelson aclaró su garganta.

——¿Qué te hace decir eso?

——Verifiqué los antecedentes de Ariella cuando se mudó aquí, por el trabajo ——dije, clarificando que no lo había hecho por otro motivo. No era un pervertido. Habíamos sido contratados por el complejo turístico *Blue Sky* para investigar su pasado ——. Así fue como descubrí su relación con Ben Ryan.

Froté la parte trasera de mi cuello, Ben seguía sin gustarme y eso fue antes de que incluso secuestrara a su exesposa. Él presuntamente había robado el dinero de cientos de individuos sin ser conscientes de ello, incluyéndome a mí.

——¿El mismo Ben Ryan que fue arrestado y condenado por fraude? ——Preguntó el sheriff Nelson.

Las noticias si que volaban rápido.

——Si, pero fue liberado.

——¿Por buena conducta? Estuvo preso, ¿qué? ¿Un año?

——Lo dudo. Fue algo acerca del surgimiento de una nueva evidencia y luego retiraron los cargos. La condena fue revocada.

No había leído los detalles todavía. Había estado ocupado con una niña en casa y ella ocupaba la mayor parte de mi tiempo cuando no estaba trabajando.

——Espera un momento ——dijo contestando su teléfono y se alejaba por un momento.

Quería ir tras él y descubrir que era lo que se estaba discutiendo, pero ¿qué bien haría?

——¿Cómo está Harper? ——Preguntó Lincoln.

——Ella está bien. Está filmando una escena ——dije haciendo un gesto hacia el set. Ella era la última persona en mi mente ahora mismo.

El sheriff Nelson caminó hacia nosotros.

——Tenemos una posible ubicación. Su teléfono puede estar apagado, pero él usó su tarjeta de crédito. Él se acaba de registrar en el complejo turístico *Blue Sky*.

¿Hablaba en serio? ¿Podría ser más idiota? Al menos no habían ido lejos.

——Llamaré a los refuerzos ——dijo el sheriff——, y llegaremos con las luces y sirenas apagadas. ¿Quieres que te lleve o traerás tu camioneta?

——Iré contigo.

No quería admitir que no tenía las llaves de mi camioneta. Se las había dado a Ariella en la mañana. Esa era información que el sheriff no necesitaba saber, pero haría preguntas si conducía su auto hasta el complejo.

——Déjanos saber lo que sucede ——dijo Lincoln. Él me dio una palmadita en la espalda antes de caminar hacia el set.

Me metí en el asiento del pasajero de la patrulla de policía y el sheriff nos hizo salir rápidamente del aparcamiento hacia la carretera principal, en dirección al complejo.

Mi pie golpeaba inquieto contra el suelo.

——Estaremos ahí pronto ——dijo él. Él encendió las luces para apresurarnos entre el tráfico, pero dejó las sirenas apagadas.

Él apagó las luces al conducir él último kilómetro y

se estacionó en el aparcamiento con media docena de patrullas policiales detrás de nosotros.

Teníamos que ser cuidadosos. La última vez que estuvimos aquí, hubo una toma de rehenes, y si bien había sido diferente, no quería que la vida de Ariella estuviera en peligro de nuevo.

——Debería hacerte esperar en el auto ——dijo el sheriff Nelson. Él salió del auto y yo lo seguí.

Le había enojado la última vez cuando irrumpí en el complejo para salvar a Ariella y Hazel sin pensarlo dos veces. ¿

Había sido imprudente, pero había hecho lo que tenía que hacer. No me arrepentía de nada.

——No me hagas lamentar el haberte invitado a venir.

CAPÍTULO OCHO

ARIELLA

Parpadeé varias veces antes de al fin abrir los ojos. Mi visión era borrosa y mi estómago se agitó.

——Bien, estás despierta.

Abrí la boca para avisar que iba a vomitar cuando Ben me trajo el bote de la basura de plástico con una bolsa desechable adentro.

¿Era demasiado obvio? Limpié las gotas de sudor de mi frente y me senté. La habitación dio vueltas en el proceso.

Cerré los ojos, pero me aferré al pequeño bote antes de vomitar mi almuerzo.

¿Qué estaba haciendo él aquí? ¿En dónde estaba? El sol no se había puesto aún. ¿Qué hora era? ¿Jaxson y los demás se habían dado cuenta de mi desaparición?

——Pronto te sentirás mejor ——dijo Ben, acariciando mi brazo suavemente con su mano, lo que hizo que mi estómago diera vueltas.

Me aparté del toque.

——Ben ——dije con voz ronca. Mi boca estaba seca.

Quería levantarme, correr y alejarme como el infierno de mi exesposo. Había oído que él había salido de prisión y que su condena había sido revocada. Al parecer, Benjamin no había sido el responsable de robar millones de dólares junto con otros crímenes financieros.

No sabía que él era un secuestrador. Él estaba lleno de sorpresas. Supongo que ambos lo estábamos...

No me interesaba si él era culpable o no, no quería estar con él, y el hecho de que me hubiera drogado y arrastrado hasta, quien sabe donde estábamos, no me hizo cambiar de opinión.

¿Estaba en una habitación de hotel? La habitación parecía extrañamente familiar. Sentía una sensación de *déjà vu* me envolvió como una neblina.

Ben era un idiota. Si él me había traído a un hotel, entonces él habría tenido que usar su tarjeta de crédito.

Con suerte, los chicos de *Eagle Tactical* podrían rastrearlo y encontrarme antes de que fuera demasiado tarde

——Qué bien que ya estás completamente despierta. ——Él agarró mi brazo y ató mi muñeca al pilar de la cama con un trozo de tela.

——Ben. ——Mi voz tenía un tono de advertencia mientras trataba de mantener mi brazo izquierdo lejos de su alcance. Todavía estaba completamente sedada, lo que hacía para mí casi imposible el defenderme——. No hagas esto, por favor. Déjame ir.

Dudaba que pudiera correr incluso si podía ponerme de pie.

Él resopló en voz baja.

——¿Dejarte ir? ——Él se montó sobre la cama y se

sentó a horcajadas sobre mí para impedir que me defendiera.

Ben sujetó mi otro brazo y me ató al otro lado del pilar de la cama.

——Planeo tener un poco de diversión contigo. Después de todo, ¿no es eso lo que hiciste conmigo? ¿Fingir?

——¿De qué hablas? ——Me aparté, tratando de escapar de su aliento pútrido y su cuerpo que estaba encima del mío.

Mis manos estaban atadas, y aunque aún podría usar mis piernas, también era cierto que estaba muy débil como para hacer algo. Pronto estaría bajo su merced.

¿Qué planeaba hacer conmigo? ¿Me mataría?

Él hundió su peso contra el mío, sentándose y sujetándome aún más contra la cama. Ben se inclinó, su aliento se sentía caliente contra mi oído y llevaba un cuchillo en su mano izquierda. Si él pensaba que me estaba excitando, estaba bastante equivocado. Arrastró la cuchilla por mi mejilla y la sangre empezó a brotar. Hice una mueca de dolor, pero no grité.

——Te olvidaste mencionar que trabajabas para la C.I.A.

Benjamin se apartó y me observó.

No sabía qué decir.

Nunca pensé que él se enteraría.

——Finalmente logré dejarte sin palabras. Es una verdadera pena que tuve que descubrir la verdad cuando estaba en prisión. ——Él arrastró la punta afilada de la cuchilla por mi cuello y hacia mi escote.

Esta vez él solo rozó la superficie y no me hizo sangrar.

Mi boca se sentía como si estuviera llena de algodón. Lamí mis labios.

——¿Me puedes dar agua? ——Lo que sea que él me había dado para sedarme me había hecho tener sed.

Tal vez podía engañarlo para que me diera algo de agua o para que me dejara usar el baño.

Quería quitármelo de encima.

Él me recorrió con la mirada. Sus ojos se estrecharon mientras me miraba fijamente.

——No lo creo.

——Por favor. ——Mi voz era suave mientras trataba de convencerlo.

Él rasgó mi blusa con la cuchilla, dejándome a su merced por completo.

——Ben, por favor para. ——Empecé a temblar por el aire helado en la habitación y mi sostén de encaje carmesí quedó al descubierto cuando él empezó a tocar la tela——. Ben; quítate de encima.

——¿De verdad crees que estás a cargo? ——Gruño Ben.

Me estremecí, pero gracias a las ataduras, era incapaz de moverme más. Me retorcí para escapar, pero él tenía un cuchillo y yo estaba atada al pilar de la cama.

——Quieres saber la verdad. ——Lo miré fijamente; el sedante ya se estaba disipando. Mis muñecas dolían ya que estaban atadas y extendidas por encima de mi cabeza——. Libérame y te lo contaré todo.

——¡No te traje hasta aquí para que me mintieras!

Ben se quitó de encima y tomó un florero de cristal. Lo lanzó a través de la habitación y éste se rompió en pedazos contra la pared.

Respiré lentamente para calmarme.

——Tienes razón ——dije——. Mereces saber la verdad. ——O al menos algo similar a lo que él creía ser verdad.

¿Sería suficiente para que me dejara ir?

Dudaba que él me liberara.

Reconocí la habitación a medida que se me pasaba el efecto del sedante. Estábamos en un hotel, el complejo turístico *Blue Sky* si no estaba equivocada. Odiaba ese condenado lugar. Parecía como que todo lo malo sucedía aquí y ni siquiera era un hotel de mierda. Quizá ellos necesitaban contratar su propio equipo de seguridad.

——Estoy esperando ——dijo Ben y se cruzó de brazos.

Mi mejilla ardía, pero tenía que ignorar el dolor si quería salir de ésta con vida. Al menos él no estaba arrojando nada más a través de la habitación o hacia mí.

Pero lo haría cuando supiera la verdad.

CAPÍTULO NUEVE

LINCOLN

——¡Lincoln! ——Harper me saludó con la mano desde el otro lado del set mientras estaba de pie cerca de la entrada principal.

Había estado vigilando la entrada y la salida en las últimas horas desde que Jaxson se había apresurado a salir con el sheriff.

Había tratado de evitar a Harper mientras ella filmaba una escena para la película. Fui atrapado. Ella corrió hacia mí con una enorme sonrisa que le iluminaba el rostro.

——Pensé que se suponía que te mandaría un

mensaje de texto una vez saliera del trabajo. ¿No podías esperar a verme? ——Preguntó Harper.

Ella lucía más tranquila, sin preocupaciones. El trabajo en realidad parecía alegrarle el ánimo, lo cual no me molestaba. Eso significaba que ella sería fácil de manejar esta noche, al menos en lo que se refiere a cuidarla como su guardaespaldas. Si bien había querido manejarla de otra manera, eso estaba descartado ahora.

——Luces bien ——dije, tratando de cambiar de tema.

Si ella aún no se había dado cuenta de que estaba con el equipo de *Eagle Tactical*, no quería que se enterara ahora mismo. Después de todo, no tenía permitido decirle que me asignaron como su guardaespaldas personal. ¿Qué si ella se había dado cuenta por sí misma? Estaba bastante seguro de que se especificó en el contrato que no podría divulgar esa información, aún cuando no había firmado el contrato. Jaxson Monroe había hecho eso en nombre del equipo.

——Gracias ——dijo Harper, sus mejillas se volvieron un poco rosas cuando se sonrojó y mordió su labio inferior, apartando la mirada. Ella metió un mechón de cabello detrás de su oreja——. En realidad, hemos terminado de filmar por hoy.

——Bien. ——Sabía que ya habían terminado; se suponía que nuestro turno terminaba hace quince minuto, pero no me iba a ir hasta estar seguro de que ella estaba a salvo——. ¿Qué tal si nos vamos a cenar y de regreso pasamos a recoger tu auto?

Harper deslizó su brazo dentro del mío.

——Eso suena divertido. ¿Qué has planeado para nosotros? Espero que sea un lugar de bajo perfil. No quiero que los tabloides me revienten el teléfono o las redes sociales con el titular: *"Harper se consigue a otro hombre guapo"*.

Me reí.

——No sé. Eso no suena tan mal. ——Me acerqué más a ella, mis labios estaban justo al lado de su oído mientras caminábamos juntos hasta mi camioneta——. Así que, ¿crees que soy guapo?

Ella tragó grueso y desvió la vista. Se calló por un instante, perdida en sus pensamientos.

¿Estaba pensando en el secuestro? Ella lo había presenciado y no solo había sido una testigo, sino que también casi se había convertido en la próxima víctima. Harper no me había dicho nada acerca de ello y aunque quería preguntarle directamente, no podía hacerlo. No sin que ella supiera que fui contratado por el estudio.

Tenía que andar con cuidado. Me gustaba y no quería herirla.

——¿Estás bien? ——Pregunté.

——Es solo... ——ella comenzó a hablar y luego se detuvo. Su boca se cerró y su estómago empezó a gruñir. Harper señaló hacia mi camioneta——. ¿Qué tal si vamos por la cena?

Ella evitó hablar de lo sucedido. Quería escucharlo de ella, lo que sintió, como estaba lidiando con ello. Mi suposición era que no muy bien. Aunque ella lo había hecho muy bien en el set de filmación, tal vez estaba equivocado y se había enfocado en trabajar como una manera de lidiar con el ataque. Lo sabía todo sobre ese truco. Le quité el seguro a la puerta y caminé alrededor para abrirla para ella, ofreciéndole la mano para ayudarla a subir hasta el asiento del pasajero. Una vez que se sentó y movió sus piernas frente a ella, cerré la puerta y corrí hasta el asiento del conductor.

——¿Cómo estuvo tu día? ——Preguntó Harper.

Evitación.

Tal vez no debería estar tan sorprendido de que ella se estaba enfocando en mí y manteniendo el tema de conversación lejos de ella y de lo que había sido testigo y experimentado hoy.

¿Cómo lograría que se abriera a mí sin confiarle cosas sobre mí?

——Veamos ——dije, encendiendo la camioneta——. Tuve una agradable taza de café que nadie robó. —— Le eché un vistazo y sus ojos se abrieron de par en par antes de que explotara en una risa.

——Eres bastante sutil, guapo.

Me reí en voz baja; su cumplido me tomó por sorpresa.

——Luego de mi taza de café caliente ——dije, finalizando la oración——, me relajé hasta que fui llamado del trabajo inesperadamente.

Harper suspiró pesadamente.

——Eso apesta. Ya basta de hablar de trabajo. ¿Puedes llevarme a un lugar donde podamos ver las estrellas? Vivo en la ciudad y siempre hay mucha contaminación lumínica en donde vivo.

——Por supuesto, podemos hacer eso luego de recoger algo de comer. El sol se habrá puesto para ese momento. ——Sabía exactamente el lugar donde la llevaría que era a la vez hermoso y remoto.

————

Terminamos de cenar y conduje hacia el paso de la montaña de camino a mi lugar.

Pasé la carretera que me llevaba a casa y seguí dirigiéndome hacia el norte hasta un claro que sabía estaba abandonado.

——Tú realmente sabes cómo conseguir un lugar tranquilo. No planeas asesinarme aquí, ¿cierto? —— Bromeó Harper.

Apagué la camioneta y salí hacia la oscuridad, dejando los focos encendidos por un minuto mientras tomaba una manta del asiento trasero y la extendía para que nos sentáramos.

——Toma asiento.

Ella caminó hasta la manta y se sentó en ella.

Apagué las luces de la camioneta y caminé de vuelta en la oscuridad, sentándome junto a ella.

——Esto es agradable ——dijo ella, acostándose sobre la manta. Miró hacia el cielo nocturno, salpicado de estrellas que brillaban en la distancia.

Me moví para acostarme junto a ella. Doblé las rodillas mientras miraba hacia la vasta oscuridad.

——Lo es ——dije.

Dejé que el silencio nos envolviera, enfocándome en su lugar en la respiración suave que dejaba salir de sus labios.

Pasaron varios minutos mientras mirábamos hacia arriba.

——Pensé que moriría hoy ——susurró Harper. Su voz era suave pero bastante clara.

Alcancé su mano. No se suponía que me volviera cercano a ella. No se suponía que tuviera sentimientos por una cliente. La conocí antes de que fuéramos contratados, pero ¿acaso importaba?

Dudé antes de apretarle la mano Ella cambió de lado y se acurrucó contra mí.

La acerqué más, protegiéndola y resguardándola del mundo a nuestro alrededor.

——¿Quieres hablar de ello? ——Pregunté. No iba a curiosear o forzarla a hablar de lo que sucedió, pero estaría ahí para ella si quería confiar en mí.

Ella mordió su labio inferior, la luz de la luna dándole un brillo azulado y suave a sus facciones.

——Supongo que no escuchaste sobre el secuestro que ocurrió hoy. Se llevaron a una chica del aparcamiento. Al parecer, ella trabajaba con el equipo de seguridad que fue contratado por el estudio.

Me mordí la lengua para no revelar más de la cuenta. En su lugar, la sostuve y escuché lo que tenía que decir.

——Presencié como el sujeto cargaba a la chica hasta su furgoneta cuando iba de camino a almorzar. Lucía extraño. Se sintió mal. Todo sobre ello, Lincoln. Mi estomago se hizo un nudo. Ella no se movía. Ella no estaba despierta. Por todo lo que sé, ella está muerta. Él me forzó hasta la furgoneta, pero no me iba a ir con él.

No podía seguir en silencio.

——Pero te defendiste.

——Lo hice ——dijo Harper y asintió rotundamente ——. Le clavé los dedos en los ojos. Arremetí contra él y me tiré fuera de la furgoneta. Quería ayudar a la chica que yacía ahí, pero no pude hacerlo. ——Su voz se resquebrajó.

——Te salvaste a ti misma y no hay nada de malo en ello ——dije y aparté los mechones largos de cabello de su cara hacia la parte trasera de su cuello. Mis dedos bailaron sobre su piel——. Fuiste valiente y al escapar, pudiste ser capaz de conseguir ayuda y de notificar a la policía de lo que había sucedido.

Ella suspiró con suavidad y apoyó su cabeza en mi hombro.

——Si. Nunca lo pensé de esa manera.

——Bueno, deberías. No habría sido una buena idea que te marcharas con él. Probablemente salvaste tu vida al defenderte de él.

Aunque sabía quien era el culpable, no sabía cuales eran sus motivaciones o si era capaz de asesinar a alguien.

Ben se había llevado a Ariella por una razón, pero Harper habría sido un cabo suelto. Él no habría tenido la necesidad de mantenerla con vida. Harper tembló entre mis brazos.

——¿Qué te parece si regresamos? ——Sugerí. No tenía una chaqueta para dársela.

Mi trabajo consistía en cuidar de ella y estaba haciendo una pésima labor si ella se estaba congelando en el bosque.

——¿Solo un minuto más? ——Susurró ella. Su atención no estaba puesta en el cielo nocturno.

Su cálida mano se apoyó contra mi pecho y un momento después me montó y su boca cubrió la mía.

CAPÍTULO DIEZ

HARPER

No era el tipo de chica que besaba en la primera cita.

Bueno, técnicamente, esta era la segunda cita con Lincoln. Aún así, ni siquiera era el tipo de chica que tenía las tres citas.

Siempre me he tomado las cosas con calma. Lo cual no era algo que muchos habrían creído, dado los tabloides y fotografías que surgían.

La chica de esas imágenes no era yo...

Bueno, físicamente, si, era la que estaba siendo fotografiada, pero no era quien soy en realidad o lo que quiero ser.

No era yo.

Había sido joven, ingenua y me habían engañado.

Todo se sentía diferente con Lincoln. Mi corazón golpeteaba contra mi pecho y éste se disparó totalmente cuando nuestros labios se encontraron. Me incliné primero, tomé la iniciativa y me monté sobre él.

Sus manos rodeaban mi cintura. Sus dedos acariciaban mi espalda, alzando un poco mi camisa. Las suaves yemas de sus dedos generaron una respuesta en mí que hizo arder a mi cuerpo. Se sentía salvaje y vivo.

——Harper ——murmuró.

Quería balancear mis caderas contra las suyas, pero aún me quedaba algo de autocontrol, incluso si era solo un poco.

Se desvaneció rápidamente.

Gemí mientras nos besábamos y mi lengua hizo que sus labios se abrieran, deseando explorar más. Lo quería y estaba bastante segura de que él me quería.

——No podemos ——dijo él.

Mis ojos se abrieron y me eché hacia atrás. Sentía como si me hubiera disparado. ¿Por qué no podíamos?

——¿Estás casado?

Era una idiota al pensar que un hombre tan agradable y atractivo como él seguiría soltero.

——No. No estoy casado ——dijo él.

——¿Estás comprometido? ——No era el tipo de chica que rompía un matrimonio o un compromiso.

Fue tonto que me le arrojara a Lincoln. Me quité de encima de él, me abracé a mí misma y me apresuré hasta su camioneta. Me senté en el asiento delantero y esperé a que él me llevara de vuelta al estudio donde podría recoger mi auto. No quería volver a verlo. Él agarró la manta en el exterior y la dobló antes de abrir la puerta trasera de la camioneta y arrojarla descuidadamente.

Tiré de la hebilla del cinturón de seguridad y la abroché en su lugar. Me crucé de brazos y miré fijamente por la ventana, rehusándome a hablar con él.

Lincoln abrió la puerta del lado del conductor y entró, pero no encendió la camioneta. Nos quedamos en silencio en su lugar.

——No estoy casado y no estoy comprometido.

Ya no me importaba si lo estaba o no para el caso. Le lancé una mirada desagradable.

——Entonces, ¿qué? ¿Solo no te atraigo? ¿Cómo eso me hace sentir mejor?

Lincoln suspiró pesadamente.

——¿Qué? ——Ni siquiera estaba segura de querer saber, pero ahora que había dejado en claro que el problema era yo, estaba furiosa.

Encendió la camioneta.

——Si me atraes ——murmuró Lincoln entre dientes ——. Mi polla no se callará, maldición.

CAPÍTULO ONCE

JAXSON

El sheriff entró primero al complejo y habló con la recepcionista en el área de recepción y también con el personal de seguridad que parecían ser vigilantes más que nada. Eran unos inútiles y deberían ser despedidos.

Ellos estaban en el primer piso, al final del pasillo, asumiendo claro que ella estaba en la *suite*, pero la recepcionista no había visto a nadie entrar a través de la puerta principal que coincidiera con sus descripciones.

Eso no significaba nada. Había una gran cantidad de entradas y salidas en el complejo.

Si Ben estaba aquí, él no habría entrado campantemente por la puerta principal cargando a una mujer inconsciente. Eso habría levantado sospechas.

Ben podría ser un imbécil de primera categoría, pero no era un completo idiota.

¿Tenía un plan? ¿Tenía la intención de secuestrar a Ariella, forzarla a casarse con él de nuevo o hacerla cambiar de opinión y ganar su afecto de nuevo? Mi estómago dio un salto cuando pensé en Ben tocándola. Lo mataría si le hacía daño.

Ella era mía.

Debí haberla protegido y haberla vigilado. No era un secreto que Ben había declarado que él iba a buscarla. Yo solo no tenía la menor idea de lo que eso significaba.

La culpa me embargó.

Pude haber detenido esto antes de que comenzara. Debí haberle asignado un guardaespaldas a Ariella. Si bien ella me habría matado si se hubiera enterado, su enojo hacia mí habría valido la pena, sabiendo que ella estaba a salvo.

Los oficiales les indicaron a los huéspedes que se apresuraran a volver a sus habitaciones mientras el equipo SWAT derribaba la puerta de la habitación de hotel e irrumpían dentro de ésta.

Yo los seguía a solo unos metros de distancia y pude ver como Ariella estaba atada a la cama, su rostro tenía moretones y su mejilla sangraba. Su camisa había sido rasgada y su sostén de encaje rojo estaba expuesto.

Le desaté las manos y ella jaló su camisa para cerrarla, apiñándola con sus manos. El equipo SWAT y los oficiales que iban con ellos barrieron la escena. Había un rastro de sangre en una ventana rota junto a la cama. La cortina se mecía con el viento.

——Él supo que venían ——susurró Ariella. Su labio inferior temblaba——. Esto no ha terminado.

———————

Declan recogió a Izzie de la guardería.

Ya era tarde para el momento en que terminamos por esa noche y nos dirigimos a casa.

Ariella había tenido que darle su declaración al sheriff, y luego alguien nos tuvo que llevar hasta el set de filmación para que recogiéramos mi camioneta. Ella me dio mis llaves, pero yo me quedé con las de ella.

No la iba dejar conducir hasta la casa. Iríamos juntos al trabajo si ella así lo quería.

El sol empezó a bajar más allá del horizonte, pero aún no oscurecía.

Ariella permaneció en silencio mientras nos conducía a casa.

El auto de Declan estaba estacionado al frente. Skylar aun no llegaba a casa, pero ella era un adulto. Todavía teníamos que tener una conversación, Skylar y yo, acerca de cuanto tiempo planeaba quedarse.

Ella había dejado en claro que no iba a dejar el pueblo, pero tampoco la había invitado a vivir conmigo.

Esa era una conversación para otro día. A este paso, sería para la otra semana.

Otras cosas se habían vuelto una prioridad, como proteger a Ariella y encontrar a Ben.

Ariella sostenía una bolsa de hielo contra su mejilla que había sido vendada recientemente.

Estacioné la camioneta en la entrada de acceso y salí, dando la vuelta para ayudarla a salir del automóvil.

Ella no se movió. Ariella pasó la compresa que ahora estaba tibia. Salió de la camioneta y empezó a caminar junto a mí. Le envolví la cintura con el brazo para mantenerla cerca y protegerla.

Al momento que me acerqué a la puerta, Declan la abrió de par en par y nos recibió.

——Hola, me alegro de que estén bien ——dijo Declan. Él se hizo a un lado para dejarnos entrar a nuestra casa——. Le acabo de dar a Izzie su merienda.

Cerré la puerta con llave detrás de nosotros.

Ariella se apresuró a subir las escaleras sin decir mucho.

——¡Macarrones con queso! ——Exclamó Izzie desde la mesa. Ella se bajó de su silla para niños y

corrió hacia la puerta con sus dedos pegajosos——.
¡Papi! ——Izzie alzó sus brazos para que la cargara.

La alcé en mis brazos, dándole un abrazo de oso.
Izzie frunció la nariz y la frotó contra la mía
mientras se reía incontroladamente.

——¿Estás seguro de que no le diste un plato de
azúcar junto con los macarrones con queso? ——
Pregunté mientras me reía a carcajadas.

La bajé de vuelta al piso.

Mi pequeña niña salió disparada hasta la mesa de la
cocina para terminar su merienda, lo cual era más
una comida para cenar, pero no iba a discutir la
semántica. Apreciaba la ayuda de Declan.

——No, solo le di un poco de licor con su leche ——
bromeó Declan.

——Por supuesto que sí ——Me quité los zapatos y
mi mirada se quedó en las escaleras. Ariella aun no
bajaba.

¿Estaba evitando a Declan e Izzie o simplemente
había ido a tomar una ducha y asearse? No había
escuchado que el agua empezara a correr en el baño.
Declan bajó la voz.

——¿Cómo está ella? ——Preguntó, asintiendo hacia las escaleras.

——Ella no ha hablado mucho desde que la encontramos en el hotel. El bastardo se escapó por la ventana de un primer piso. No fue demasiado difícil para él.

——Maldición ——murmuró Declan——. Así que, ¿todavía sigue suelto?

Suspiré pesadamente.

——Sí. ——Tendría que activar la alarma, solo en caso de que él decidiera presentarse aquí. Lo habría hecho al llegar, pero sospechaba que Declan se marcharía pronto.

——Ella parecía bastante magullada por lo que pude ver ——dijo Declan. Él se puso los zapatos y agarró la chaqueta ligera que había traído con él.

Me quedé cerca de la puerta, apoyándome contra la madera con los brazos cruzados.

——Sí, él la golpeó bastante, la atacó y no estoy seguro si algo más sucedió.

Pasé una mano por mi cabello, frustrado por no haber llegado allí antes para protegerla.

Era mi culpa el no haberle asignado un guardaespaldas y el no haberme asegurado de que estuviera a salvo de ese monstruo.

——No te culpes por ello ——dijo Declan——. No podías haber sabido lo que él era capaz de hacer. Ariella nunca te lo dijo. ¿Cierto?

Apreté los labios y miré a Declan. Eso no me hacía sentir ni un poco mejor.

——Claro.

Debí haberlo visto venir. Mi trabajo consistía en anticipar lo inesperado, y no era un secreto que Benjamin Ryan tenía la intención de buscar a Ariella. Pensé que él regresaría a ganarla de vuelta.

——Ya me iba, pero tal vez deberías ir y chequear a Ariella primero.

Si hacía eso, tal vez no saldríamos de la habitación. Él no tenía idea de que éramos más que amigos.

——No, adelante. Puedo arreglármelas aquí.

——¿Estás seguro? ——Preguntó Declan.

——Si. Gracias por la oferta. ——Lo último que necesitaba era que él presenciara algo sucediendo entre nosotros dos, no que pensara que Ariella y yo tendríamos sexo esta noche. Pero mentiría si dijera que eso era lo último que tenía en mente.

——Te veré mañana. ——Declan abrió la puerta principal y salió.

Miré y esperé a que él se metiera en su auto para cerrar la puerta con llave. Activé la alarma. Skylar aun no llegaba a la casa, pero ella tenía su propio código para desactivar la alarma.

——¡Papi! ——Izzie me hizo un gesto para llamar mi atención. Sus dedos estaban cubiertos de un pegote naranja brillante.

——¿Qué tal si te llevo arriba para limpiarte? ——No estaba seguro si Ariella estaba en el baño arriba o no, pero al menos, podría limpiar a Izzie en el baño principal.

——¿Dónde está Ariella? ——Preguntó Izzie. Era la primera vez que la escuchaba decir su nombre correctamente. Ella estaba creciendo tan rápido.

——Ella está arriba. Ariella tuvo un día muy ocupado hoy. ——No quería preocupar a Izzie o asustarla. Ella no necesitaba saber por lo que Ariella había pasado hoy. Sin embargo, ella seguramente haría preguntas cuando viera los moretones y abrasiones en la cara de Ariella.

Izzie saltó los escalones juguetonamente, cada pisotón más fuerte que el anterior. Negué con la cabeza, sonriendo por lo agradable que era el no tener idea de los peligros del mundo exterior.

Aunque eso no era completamente cierto. Izzie había sido secuestrada junto con Ariella en mi casa. No había sido un buen día y habían surgido pesadillas como consecuencia, otra razón por la que Ariella y yo teníamos que ser cuidadosos a la hora de compartir la cama.

Odiaba la distancia que me había visto forzado a poner entre nosotros al esconder nuestra relación de Izzie, pero ¿cómo podía explicarle a mi hija que Ariella no era su madre y podría nunca ser una madre para ella, pero era una chica que me gustaba mucho, incluyendo íntimamente?

Esa no era una conversación que podría tener con una niña de tres años.

No sabía lo que el futuro nos deparaba a Ariella y a mí. El hecho de que trabajamos juntos y vivíamos bajo el mismo techo complicaba el asunto. Es más, el pasado de Ariella complicaba el asunto. Ella había perdido a un hijo. ¿Ella siquiera querría ser la madre de Izzie a tiempo completo?

——¡Ariella! ——Chilló Izzie, pisoteando los últimos escalones antes de correr por el pasillo. La puerta del baño estaba abierta y las luces apagadas.

Pasé junto a mi habitación y al final de pasillo se encontraba la habitación de huéspedes donde Ariella dormía. Pero ambas puertas estaban cerradas y no había ningún rastro de ella.

——Vamos ——dije y levanté a Izzie del piso, impulsándola hacia adelante como si fuera un avión y haciendo el sonido de la hélice con mis labios antes de ponerla sobre la alfombra del baño. Encendí la luz y ella se desvistió mientras yo abría la llave de la bañera.

Bañé a Izzie, lavando el desastre de queso que de alguna manera había embarrado en sus brazos, dedos e incluso su cabello. Luego de eso, la sequé, le puse su pijama, le di una merienda saludable y luego le leí un cuento corto antes de meterla en la cama. Encendí la lamparita y salí silenciosamente de la habitación de vuelta al pasillo.

Entonces, choqué contra Ariella.

——Lo siento ——dijo ella, apresurándose a pedir disculpas.

Alcancé sus manos cuando estas colgaban a cada lado de su cuerpo.

——No tienes nada por lo cual debas disculparte. ¿Qué tal si vamos abajo y conseguimos algo de comer?

——No tengo hambre. Justo iba a la cama.

——Necesitas comer algo. Veré si tengo alguna sopa en el congelador. ——La guie por las escaleras, tomándola de la mano para no dejar que se escabullera hasta la cama.

Ella se sentó en silencio en la mesa mientras yo calentaba una sopa de pollo con fideos.

——Realmente no tienes que hacer eso por mí. Dudo que vaya a poder comer mucho.

Tomé una bolsa de hielo del congelador y la envolví con una toalla, poniéndola sobre su mejilla.

Ella hizo una mueca de dolor incluso antes de que la

tocara, y luego se relajó cuando se dio cuenta que no le iba a hacer daño.

La besé con suavidad en la frente antes de volver hacia la estufa para revisar la cena. Estaba calentando algunas sobras de ayer porque si bien Ariella no tenía hambre, yo estaba famélico.

Pasaron treinta minutos y había dos tazones de sopa vacíos. Ella bajó su cuchara.

——Vaya, comí más de lo que pensé que haría —— dijo ella.

——Bien. ——Lavé los platos y apagué las luces.

Skylar aun no llegaba a casa y no había recibido ningún mensaje de ella. ¿Tal vez ella tenía un novio del que no sabía nada?

——¿Has sabido algo de Skylar? ——Pregunté.

Dudaba que Ariella supiera algo más que yo, pero ambas eran mujeres. ¿Las mujeres no hablaban entre ellas?

——No ——dijo Ariella mientras me seguía hasta el sofá para sentarse——. Hoy no me toca vigilarla.

——Veo que aun conservas tu sentido del humor.

——La puse sobre mi regazo y tomé la manta desde la parte trasera del sofá, cubriéndonos con ella——. ¿Puedo hacer algo por ti? ¿Traerte algo?

——No, esto se siente bien ——susurró ella. Sus ojos se cerraron cuando la envolví protectoramente con mis brazos.

——Ese era el objetivo ——susurré en su oído, sonriendo y aliviado de que me dejara sostenerla.

Su voz era suave y vacilante.

——Quiero contarte lo que sucedió, pero tienes que prometerme que no te vas a enojar.

No podía hacer eso, no si lo que ella quería era que no me enojara con Ben. Él la drogó, la atacó y quién sabe qué más le habría hecho si no nos hubiéramos presentado cuando lo hicimos.

——No tengo ninguna razón para enojarme contigo.

——Quería dejar en claro que mi rabia no estaba dirigida hacia ella——. No hiciste nada malo, Pecas.

——Es mi culpa. Todo.

CAPÍTULO DOCE

LINCOLN

Llevé a Harper de vuelta al estudio para que recogiera su auto.

El estudio sorprendentemente no nos había pedido que vigiláramos durante la noche. Los tráileres del elenco se encontraban bajo llave junto con el equipo de filmación.

Apagué el motor y salí con intención de acompañarla hasta su auto.

No iba a dejarla y necesitaba asegurarme de que ella volviera al motel sin ningún problema.

Después de todo, seguía siendo su guardaespaldas cuando ella estaba fuera de su habitación de motel.

——No tienes que acompañarme hasta mi auto. ¿No es eso un poco cliché? ——Preguntó Harper.

——Es algo que un caballero debería hacer siempre ——dije. Caminé junto a ella. Su auto alquilado estaba a solo unos cuantos pasos.

La tensión entre nosotros se había incrementado desde que confesé que ella se las había arreglado para excitarme.

Ella no pareció asqueada por mi comentario, y aunque quise morderme la lengua, ella necesitaba escuchar la verdad. A Harper se le había metido en la cabeza que yo no estaba interesado en ella o que no estaba disponible, lo cual no era cierto en ambos casos. Cuando nos acercamos a su auto, la acorralé contra la puerta y puse mis manos contra sus caderas.

Mis labios rozaron su cuello, tomando todo de ella y besándola suave y lentamente porque quería que supiera que deseaba cada centímetro de ella.

Sus manos se deslizaron hasta los bolsillos traseros de mi pantalón, acercándome más a ella.

——Ven adentro conmigo.

——Ya no somos adolescentes ——dije con una buena carcajada.

Ella tenía un pequeño auto alquilado. No existía la posibilidad de que tener sexo ahí fuera cómodo, sin mencionar el hecho que se suponía que no debía tocarla.

Fallé de manera espectacular.

——Quise decir a mi tráiler. Tengo las llaves. Solo estamos tú y yo aquí. ——Harper movió sus caderas contra las mías——. Me gustas, Lincoln. No puedo decir eso de muchos tipos que he conocido. ——Ella se inclinó y me besó suavemente en los labios——. Por favor no me decepciones.

¿Cómo podía decirle que no? La quería.

Ella me quería a mí...

¿Por qué las cosas tenían que ser tan jodidamente complicadas?

Entrelacé mis dedos con los de ella.

——Muéstrame el camino ——susurré.

CAPÍTULO TRECE

HARPER

Pensé que me rechazaría.

Estaba completamente segura que Lincoln se inventaría alguna excusa tonta y me abandonaría en medio del campo para luego salir pitando en su camioneta, dejando un rastro de polvo a su paso. Él no era como los otros tipos con los que había estado y que solo buscaban una cosa: la fama.

Caminé con rapidéz a través del aparcamiento, mi mano sujetaba fuertemente la de Lincoln mientras tiraba de él para que viniera conmigo mi tráiler. Saqué mi llave y abrí la puerta. Sus manos nunca dejaron de tocar mis caderas y apartó mi cabello a un lado para besarme el cuello.

——Lincoln ——gemí cuando él le hizo cosas a mi cuello que enviaron un temblor a través mi cuerpo y me hicieron sentir débil.

Se me hacía difícil mantenerme de pie gracias a él. Podía sentir su excitación contra mí, su erección evidente y que prometía cosas por venir.

Él me guió hacia atrás con sus manos grandes y firmes en mi caderas cuando abrí la puerta antes de entrar a trompicones y quitarnos los zapatos. Lo dejé ir el tiempo suficiente para cruzar mis brazos sobre mi cintura y quitarme la camisa por encima de mi cabeza, arrojándola a través de la habitación.

Lincoln me siguió y volvió a recorrer mi cuello con sus labios, llegando hasta mi escote. Sus manos en mis caderas me mantenían cerca y apretada mientras caía sobre la cama.

Él se puso encima de mí, desabotonando su camisa y tomándose su tiempo mientras me miraba, deteniéndose por un momento luego de que su camisa estaba abierta.

——¿Qué sucede? ——Susurré, mirándolo.

Antes de que él pudiera responderme, me senté y empujé su camisa por sus brazos. Esta cayó al suelo.

Desabroché sus pantalones oscuros y le bajé el cierre, mis dedos rozando su bulto. Lincoln gimió cuando lo toqué y él empujó sus *jeans* al suelo. La única pieza de ropa que le quedaba era sus calzoncillos negros.

——Tienes mucha ropa encima ——dijo Lincoln. Sus dedos acariciaron mi espalda y su boca aterrizó en la mía.

Él me quitó el sostén, éste se deslizó por mis brazos y dejé que la pieza de algodón cayera al piso junto a la cama.

——¿Mejor? ——Sonreí.

Mis ojos se cerraron por un momento cuando pegó sus labios a los míos, saboreándome y llevándome a nuevos niveles de placer mientras una ola de euforia caía sobre mí.

Los labios de Lincoln permanecieron en mis senos mientras sus dedos trabajaban hábilmente en desabrochar mis pantalones.

——Levanta las caderas ——instruyó él, e hice lo que me pidió. Él me quitó los pantalones, pero me dejó puestas las bragas negras de satén.

Afortunadamente, había empacado mi ropa interior más sexy al viajar. Nunca pensé que estaría más agradecida de haberlas traído. Lincoln era un sueño hecho realidad, una fantasía en la vida real. Todo acerca de él gritaba sexy. Mis dedos rozaron su pecho y recorrí su piel desnuda con la palma de la mano, sintiendo sus músculos. No quería que este momento terminara. Su aliento cálido dejó un camino de besos fervientes a través de mi muslo, yendo hacia mi centro que estaba en llamas. Me quedé sin aliento y gemí mientras él me tocaba y me besaba, descartando las últimas piezas de ropa que me quedaban. Su lengua hacía maravillas, llevándome a niveles insospechados. La humedad me cubría y palpitaba, lista para él.

——Eres tan hermosa... ——susurró él, tentándome, saboreándome y haciendo a mi cuerpo temblar bajo su toque.

Mis dedos se clavaron en las sábanas, convirtiéndose en puños a medida que mi cuerpo respondía a sus caricias. Su lengua y sus dedos eran mágicos de una manera que nunca había experimentado antes.

Había habido otros, pero ninguno había sido tan talentoso y devoto en el dormitorio. Mis labios se abrieron, jadeando por aire y ya estaba al límite cuando él tomó un condón de su billetera, abrió el envoltorio y lo deslizó por su longitud antes de volver a subirse encima de mi cuerpo.

Me incliné hacia adelante, cubriendo su boca y mi lengua sobrepasando sus labios, hambrienta por más mientras él entraba en mí.

Gemí, hambrienta y ansiosa por complacerlo. Lo rodeé con mis piernas y cerré los ojos, atrayéndolo más profundo dentro de mí.

——Mírame ——ordenó Lincoln. Su respiración era pesada y áspera.

Se me hizo difícil abrir los ojos, pero le di lo que quería. Un gemido de deseo salió de mis labios. Mi cabeza cayó en la almohada y arqueé la espalda mientras me llenaba con cada embestida. Estaba cerca del orgasmo, pero quería que él llegara conmigo y lo experimentáramos juntos.

Lincoln lanzó un gruñido y yo me apreté a él, sintiéndolo acercarse al borde del olvido.

Lo envolví con mis piernas, acercándole más y mis brazos lo apretaban, necesitando de cada embestida como si fuera la última mientras me acercaba al orgasmo.

Él me dió lo que necesitaba y mi cuerpo se estremecía y palpitaba mientras mi corazón latía salvajemente contra mi pecho, el sonido era ensordecedor para mis oídos.

———

A la mañana siguiente me desperté temprano. La luz salía a través de las cortinas del tráiler

——Me tengo que ir ——susurró Lincoln y depositó un suave beso en mis labios.

Gemí en protesta con mis ojos aún cerrados y extendí la mano para tomarlo del brazo.

——No te vayas.

No quería que él huyera como los otros y nunca volver a escuchar algo de él. Él puso un mechón de mi cabello detrás de mi oreja.

——Te recogeré esta noche, después del trabajo, para ir a cenar. ¿Quizás podríamos hacer algo divertido?

——Quiero hacer *rafting* ——susurré medio dormida. Nunca lo había hecho, pero había escuchado en el set que el equipo tenía planes de ir al río. Algunos harían *tubing* y otros *rafting* río abajo.

El colchón se hundió cuando Lincoln se sentó al borde de la cama.

Abrí mis ojos perezosamente y lo obse´év.

¿Había ganado? ¿Se va a quedar un poco más?

Le di una palmadita a la cama junto a mí.

——Será muy tarde en la noche para ir a hacer *rafting*, pero podemos ir el sábado como una cita. Si no tienes planes ——dijo Lincoln.

Rodé hacia mi lado y tiré del cobertor un poco hacia abajo para que así él obtuviera un vistazo de lo que se estaba perdiendo al irse.

——Vuelve a la cama ——dije——. Haré que valga la pena.

Lincoln se inclinó, sus labios se sentían suaves y dulces cuando me besó gentilmente.

——Por mucho que me gustaría hacer eso, debería salir de aquí antes de que el equipo de filmación se presente a trabajar.

Él tenía razón y cuando él se apartó y terminó el beso, gemí en protesta.

——Bien. ——Subí el cobertor y me envolví con él mientras me sentaba, ofreciéndole una sonrisa tenue.

Si bien quería que él se quedara conmigo en la cama todo el día, no podíamos hacerlo en el tráiler.

Él por lo bajo y se levantó, abrochándose la camisa.

——No puedo esperar a esta noche.

———————

Luego de que Lincoln se fuera, me metí en la ducha, borrando cualquier evidencia del sexo más asombroso y caliente que he tenido en mi vida.

No quería admitir que mi corazón comenzaba a latir como loco cuando estaba alrededor de él. Se suponía que estaría en Breckenridge de manera temporal. No tenía la intención de vivir en un pueblo pequeño en medio de la nada, pero el pensamiento de irme me dolía.

¿Qué tenía en casa? Nada. Mi casa era agradable, pero no suficiente.

Había sido solo una noche, una noche fabulosa y transcendental, pero no podía dejar que lo que sucedió entre nosotros cambiara mis planes o mi vida. Lincoln no iba a trastocar su vida o su carrera por una chica que acababa de conocer. ¿Cierto...?

Me puse rápidamente mi ropa interior y una bata de baño y salí a toda prisa en chancletas hacia el tráiler de maquillaje para terminar de alistarme.

Tropecé con una piedra y no pude evitar caerme en el proceso, golpeándome el dedo del pie y estrellando mi rodilla en el suelo.

Hice una mueca de dolor y maldecí en voz baja.

——¿Estás bien? ——Preguntó Lincoln.

Él se agachó, ofreciéndome su mano para ayudarme a levantarme.

Mis ojos se desorbitaron antes de echarme hacia atrás y levantarme sin su ayuda.

——¿Qué haces aquí todavía? ——Lo miré de arriba abajo, notando su cambio de ropa y la placa que colgaba de un cordel alrededor de su cuello.

En el cordel se podía leer en letras gigantes: SEGURIDAD.

——¿Desde cuando trabajas aquí como seguridad?

CAPÍTULO CATORCE

LINCOLN

Me apresuré a llegar a mi casa antes de que el sol saliera. No había querido dejar a Harper, pero tenía que darme una ducha y vestirme. No sabía si se esperaba que trabajara como guardaespaldas hoy, pero luego de lo que había sucedido ayer con Ariella, no quería molestarla a ella o a Jaxson. Podría trabajar mi turno esta mañana y si no me necesitaban, me marcharía en la tarde.

Esperaba que Jaxson quisiera un par de ojos extras en el set de filmación para asegurarse de que todo transcurriera sin problemas y todos estuvieran bien.

CAPÍTULO CATORCE 155

Sería un largo día lago, especialmente dado que aún seguía siendo el guardaespaldas de Harper, pero eso no se sentía como trabajo.

Quería pasar tiempo con ella.

Luego de ducharme y cambiarme de ropa rápidamente en casa, pasé por un café en la cafetería local y saludé a Skylar.

Ella anotó su número de teléfono en mi vaso de café y me dijo que esperaba que la llamara.

No podía decirle que estaba saliendo con Harper Madison.

¿Siquiera estábamos saliendo? ¿Qué sucedería cuando la filmación de la película terminara y Harper regresara a la soleada California?

Breckenridge era mi vida; me encantaba vivir aquí y la tranquila soledad. Los Ángeles no se parecía en nada a nuestro pequeño pueblo que era un pedazo de cielo.

Conduje hasta el lote, pasando un auto deportivo de color azul oscuro metálico. Estacioné mi camioneta y salí, caminando hacia el auto y dándole un vistazo desde afuera.

——¿Puedo ayudarte? ——Preguntó un caballero con un grueso acento italiano.

Él era un poco robusto, su nariz era puntiaguda y tenía una mata gruesa llena de cabello oscuro. Tenía que estar teñido. Era casi demasiado negro para su edad. El aparcamiento estaba casi vacío ya que llegaba temprano, pero se esperaba que el equipo de *Eagle Tactical* llegara al set antes que todo el equipo de producción y el elenco.

Saqué mi placa, el cordel tenía escrito en él "SEGURIDAD" en letras gigantes e iba acompañado de mi foto en una tarjeta de identificación.

——Soy parte de la seguridad. ¿Puedo ayudarle a usted? ——Pregunté, regresándole la pregunta.

Él aún no había irrumpido en la propiedad.

——No ——dijo él. Negó con la cabeza y caminó hasta su auto——. Ya me iba.

———————

Había visto una foto de Benjamin Ryan.

El hombre misterioso con el auto deportivo no era

Ben. No estaba seguro de quién era, pero mantuve un ojo en Harper.

Harper se había dado una buena caída cuando tropezó con una roca, raspando su rodilla.

Ella apenas había salido de su tráiler y ciertamente aún no estaba vestida para empezar a filmar.

¿Se dirigía a eso cuando se cayó?

——Déjame ayudarte ——dije, ignorando su pregunta sobre mí siendo parte del equipo de seguridad para la producción de la película.

No solo le ofrecí la mano, en su lugar, me agaché y tomé su codo para ayudarla a levantarse. Ella podría gritarme todo lo que quisiera, pero dudaba que lo hiciera y armara un escándalo. Ella tenía una reputación que proteger y sospechaba que ella no deseaba que nadie se enterara de que dormimos juntos. Si bien ella tenía una reputación según el estudio y los tabloides, lo cierto era que no me importaba lo que los demás pensaran. Había pasado tiempo con ella y había llegado a conocer a la verdadera Harper Madison y ella no era como todos aseguraban que era. Había escuchado los rumores y decidí hacer caso omiso de ellos.

Sus ojos se estrecharon y ella se apartó hacia atrás.

——No necesito de tu ayuda ——dijo ella.

Harper se levantó y quitó el polvo de sus manos y sus rodillas. La piel de su rodilla tenía un rasguño con un pequeño rastro de sangre que necesitaba ser limpiado pero que no requeriría sutura.

——¿Qué tal si te llevo al tráiler y encuentro un botiquín de primeros auxilios?

Ella resopló y retrocedió un paso.

——Déjame en paz.

Alcé las manos en señal de rendición.

——Solo trato de ayudar.

——No quiero tu ayuda.

Eso era evidente. Me contuve de decir algo. No tenía sentido discutir con ella cuando ella ya estaba enojada conmigo. Sabía que no sería bueno cuando ella supiera que yo era su guardaespaldas.

¿Se habría dado cuenta de que había sido contratado para vigilarla fuera del set o ella solo estaba enojada porque era parte del equipo de *Eagle*

Tactical que estaba encargado de la seguridad para la producción? ¡Mierda! ¿Importaba?

Ella seguramente no querría volver a verme y tenía que cuidarla esta noche. Si no podía hacerlo, podría preguntarle a Jaxson o a los otros chicos, pero ella se daría cuenta que ellos fueron contratados como su guardaespaldas y dudaba que ella estaría de acuerdo con la compañía.

Harper pasó por mi lado, yendo hacia su tráiler.

Necesitaba darle espacio. Si ella quería que la dejaran en paz, no era mi trabajo estar encima de ella y ayudarla.; habría tratado de protegerla, habría limpiado su rodilla lastimada y la habría abrazado, pero ella no era una niña. Tenía que respetar que ella probablemente no quería tener nada que ver conmigo.

Jaxson caminó hacia mí con sus manos metidas en su chaqueta. Él me dio un asentimiento mientras daba un vistazo al tráiler de Harper.

——¿Está todo bien?

——No podría estar mejor. ¿Cómo está Ariella? —— Pregunté. No la había visto esta mañana y estaba desesperado por cambiar de tema. Lo menos que podía hacer era preguntar por ella luego de lo que vivió el día anterior.

Sus ojos se estrecharon y me miró fijamente.

Él probablemente podía ver a través de mi fachada, pero él no dijo nada más sobre Harper.

——Ella se está recuperando ——dijo Jaxson——. Le aconsejé que hablara con un terapeuta, pero ya conoces a Ariella. Ella es una mujer fuerte y piensa que puede lidiar con todo por su cuenta.

——Ella ha pasado por mucho ——dije. No era una mala idea que buscara ayuda profesional——. Hablar con alguien podría ayudar indudablemente. ¿Qué hay de su exesposo, Ben? ¿Fue atrapado?

Tenía la esperanza de que pusieran al bastardo tras las rejas.

——No hay rastro de él. La policía emitió una alerta, pero el sheriff no ha llamado. Él está ahí afuera en alguna parte. ——Jaxson frunció el ceño.

——La policía lo encontrará.

——Si ——respondió Jaxson en tono áspero.

——¿Qué hay de Mason? ¿Cómo está él? ——
Pregunté.

——Mason está de vuelta en la oficina. El doctor le
dijo que podía hacer trabajo de oficina por las
siguientes dos semanas hasta que vaya por un nuevo
chequeo médico.

Era bueno escuchar que Mason estaba mejor. Fue
bastante duro el ver todo lo que había pasado y
perder a su tío no debió haber sido fácil tampoco.

——¡Disculpen! ——Una mujer joven con cabello
rubio fresa se apresuró hasta nosotros.

——Si, ¿En qué puedo ayudarte? ——Pregunté,
dándole un vistazo a su distintivo para asegurarme
de que pertenecía al set de filmación.

Sus mejillas estaban pálidas, sus ojos estaban
desorbitados.

——No puedo encontrar a Harper Madison por
ningún lado. La estrella de la película se ha ido.

——Ella está en su tráiler ——dije, caminando junto
a la joven rubia hacia el tráiler de Harper, donde las
cosas habían sido calientes y eróticas la noche
anterior.

No entré.

Golpeé la puerta de manera firme y contundente.

——Señorita Madison ——dije, sin querer que nadie supiera de la relación entre nosotros.

No hubo respuesta. Ella probablemente me estaba evitando.

Jaxson nos siguió detrás.

——Harper Madison. Le habla seguridad ——dijo Jaxson.

Di un paso hacia adelante y di otro golpe firme en la puerta del tráiler que estaba cerrada.

——Vamos a entrar ——anunció él, abriendo la puerta.

Había sido dejada sin llave y Jaxson entró primero. Lo seguí detrás, mirando alrededor, pero Harper no se veía por ningún lado.

——Tal vez ella está en el set o arreglando su maquillaje o el cabello ——le sugerí a la joven mujer.

——No. Soy la maquilladora y ella está retrasada.

——¿Qué tan retrasada? ——Pregunté. Golpeé la puerta del baño del tráiler y lo revisé solo para encontrarlo vacío. No vi las llaves de su auto o su celular, pero no estaba seguro si eso significaba algo. Tendría que revisar el lote para ver si su auto estaba donde ella lo había dejado anoche.

——Más de una hora ——dijo la joven mujer.

——Estoy seguro que no se ha ido lejos. ¿Por qué no regresas a tu tráiler y nosotros la buscamos? —— Dije.

Ella se retiró del tráiler y yo miré a Jaxson, esperando hasta que estuvimos solos.

——¿Qué sucede? ——Preguntó Jaxson.

——Harper se enojó cuando supo que trabajo en el equipo de seguridad para la película.

Di un vistazo a través de la ventana trasera del tráiler, sobre el fregadero, que daba hacia el aparcamiento. Había demasiados vehículos como para notar si su auto había sido movido o no.

La mandíbula de Jaxson se apretó y su cuerpo estaba rígido.

——¿Crees que huyó?

No la conocía lo suficientemente bien como para determinar como ella lidiaba con el estrés, o el enojo, para el caso.

——Tal vez. Espero que eso sea todo. Había un tipo afuera en el aparcamiento esta mañana con un *Lotus Evora*. Un auto de lujo como ese, llama la atención.

——No me digas. No creo que alguna vez haya visto uno en Montana, mucho menos en Breckenridge ——dijo Jaxson——. ¿Podría haber sido un ejecutivo del estudio?

Todo era posible, pero no me dio esa impresión cuando lo miré.

——Eso sería un alivio si eso es lo que era, ¿no seguiría por aquí si ese fuera el caso?

Salí del tráiler y caminé pasando las cuerdas que daban hacia el aparcamiento.

No había rastro del auto rentado de Harper o del auto deportivo de lujo que había visto anteriormente.

Saqué mi teléfono y le marqué a Mason. Ya que él estaba en la oficina, le pedí que rastreara el teléfono de Harper y que me llamara o me mandara un mensaje con su ubicación.

Unos minutos después, mi teléfono sonó cuando llegó un mensaje.

——Sé dónde está ——dije, dándole un vistazo a Jaxson.

——¿Qué tan lejos? ——Su expresión era seria.

Pronto, otra gente se daría cuenta también de que Harper no estaba en el set. Ella no estaba tan lejos, pero estaba cerca del río y parecía estar cerca de un punto de acceso con balsas disponibles al público para rentar.

Si ella rentaba una balsa y no tenía experiencia, no quería pensar en lo que podría sucederle a ella.

Estábamos en el deshielo primaveral, lo que significaba que el rio había crecido y las corrientes eran peligrosas.

CAPÍTULO QUINCE

HARPER

¡Cómo se atrevía!

Salí hecha una furia hacia el campo arado para conseguir mi auto y salí pitando del aparcamiento.

Bajé las ventanas y dejé salir un grito. Mis manos estaban apretadas en puños sobre el volante.

——¡Qué imbécil! ——No podía creer que me había engañado al hacerme pensar que se había presentado en el set anoche por mí.

¿Es eso todo lo que he sido para él? ¿Otro trabajo?

Pisé fuertemente el acelerador. Mi pie firmemente

en el pedal mientras me dirigía hacia la carretera polvorienta de la montaña.

Había oído el arroyo anoche cuando acampamos bajo las estrellas. Aunque no quería tener nada que ver con Lincoln, el pensamiento de hacer *rafting* se sentía bien, así como tomar el control con nadie más alrededor en kilómetros, estar a solas. El único problema era, ¿dónde diablos iba a conseguir una balsa?

Subí por la montaña antes de eventualmente detenerme en el camino de grava y sacar mi teléfono.

La recepción era una mierda en el bosque y el internet era muy lento, pero funcionaba. Busqué servicios de alquiler e hice clic en la información que me daba ubicaciones cercanas, dejando que el GPS me guiara a donde necesitaba ir.

Veinte minutos después había estacionado el auto y había rentado una balsa, renunciando a la oportunidad de ir con un guía.

El encargado no paraba de hablar acerca de lo peligroso que era el rio y que recomendaba que contratara a un guía. No era que no pudiera permitirme a un guía, solo prefería estar sola. Al parecer, él tenía problemas para entender ese hecho. Finalmente, me dio la documentación y yo firmé la renuncia legal que contenía un montón de jerga sobre heridas y muerte que no me molesté en leer completamente.

——Asegúrate de tomar un casco y un chaleco salvavidas afuera. Están colgando justo al otro lado de esa pared.

——Gracias.

Me dirigí afuera, le mostré mi recibo al encargado y me dio una balsa pequeña, hecha para albergar a dos personas cómodamente, junto con un remo.

——Asegúrese de tomar un casco y un chaleco —— dijo el hombre.

Fingí no escuchar. Cargué la balsa y la puse al borde de la rampa de lanzamiento que era un camino de cemento que daba hacia el río y estaba sobre una pendiente empinada. No vi otros botes y el río estaba tranquilo, al menos en términos de balsas alquiladas.

Era, después de todo, un martes por la mañana y probablemente era su primera cliente del día.

——¡Harper! ——La voz de Lincoln fue arrastrada por el viento mientras yo, por desgracia, me giraba hacia su voz.

Él cerró la puerta de la camioneta de un golpe y vino corriendo hacia mi dirección.

¡Oh diablos, no!

Él no me iba a convencer de que no hiciera esto. Empujé la balsa hacia el agua y mis pies y mis rodillas se mojaron mientras me aseguraba de alejarme del concreto. Lo último que quería era que Lincoln me siguiera. Salté a la balsa y usé el remo para apresurarme a alejarme de la orilla del río.

No llegué muy lejos.

Lincoln me persiguió y se metió en el agua, chapoteando y luego sumergió su cuerpo por completo cuando empezó a nadar hacia mí.

——¿Está todo bien señora? ——Gritó el encargado hacia mí.

Rodé los ojos hacia Lincoln. Él no iba a herirme, solo me molestaría como el infierno.

——Si, ¡Mi novio es un idiota! ——Grité de vuelta al hombre.

Lincoln salió a la superficie y se sostuvo del borde de la balsa. No podía ver el fondo del río. ¿Era profundo?

——Tu novio, ¿no?

——No te hagas ilusiones. Me imaginé que, si te llamaba el tipo con el que desgraciadamente me acosté, él llamaría a la policía. ¿Quieres subir? ——Él probablemente lo haría sin mi permiso, viendo cómo me siguió por el río.

——Pensé que nunca lo preguntarías ——dijo Lincoln. Él se alzó hasta la balsa.

La balsa se balanceó.

Mis ojos se abrieron de par en par y me moví hacia el lado opuesto de la balsa para evitar que se inclinara.

——¡Cuidado! ——Advertí.

——Es gracioso, debería ser yo el que te dijera eso. Sin casco. Sin chaleco salvavidas y con un solo remo.

Él sabía que decir para molestarme.

——Bueno, no estaba esperando tener compañía.

——Hay otra unidad de alquiler a unos cuantos kilómetros rio abajo. Podemos recoger el resto del equipo necesario mientras vamos haciendo *rafting*.
——Lincoln hizo un gesto hacia el remo——. Es todo tuyo.

——Vaya, gracias. Eres todo un caballero, ¿no es así?
——Me burlé mientras intentaba remar.

No podía alcanzar ambos lados desde donde estaba. Necesitábamos otro remo.

Lincoln nunca dejó de sonreír, encantado con el aprieto en el que estaba metida.

Quería odiarlo, pero esa enorme sonrisa y su actitud despreocupada casi me hizo relajarme.

——¿Te estás divirtiendo?

Aún le puse las cosas difíciles. Era lo menos que podía hacer considerando lo que él me había hecho pasar al no decirme la verdad. ¿Él siquiera había tenido la intención de decirme que trabajaba como parte de la seguridad de la producción? ¿No pensó que me daría cuenta?

——Lo estoy, pero creo que sería de gran ayuda si

ambos cambiamos de lugar con cuidado. Yo estaré detrás de ti y tú tomarás el mando.

Alcé una ceja por su sugerencia.

——Cuanto más tiempo me mires con esa mirada provocativa, más nos quedaremos varados en medio del río sin apenas movernos.

——No es una mirada provocativa ——repliqué.

Aún no habíamos llegado a donde estaba la corriente y ni siguiera podía oírlas o verlas en la distancia.

Cambiamos de posición lenta y cuidadosamente mientras me escabullía hacia el centro al frente y Lincoln se sentaba detrás de mí.

——Por supuesto que no ——dijo Lincoln con una sonrisa zalamera.

Afortunadamente estaba sentada de espaldas a él y él no podía ver la expresión en mi cara.

Nos sentamos en silencio por varios minutos mientras remaba de un lado hacia el otro y nos mantenía moviéndonos en su mayoría, de manera central, río abajo. Esquivé las piedras de la derecha y la raíz de un árbol a la izquierda a la orilla del río.

La balsa se movía suavemente, las manos cálidas de Lincoln movieron mi cabello a un lado de mi cuello. Me aferré a la balsa con una mano y con la otra sostenía el remo.

——¿Qué estás haciendo? ——Chillé.

No tenía la intención de sonar tan insegura e inestable, pero él me había tomado por sorpresa.

——Me estoy disculpando ——susurró con su voz ronca a mi oído, enviando un escalofrío a través de mi columna.

De ninguna manera. Eso no iba a funcionar...

——El sexo no es una disculpa ——dije y le di un vistazo por encima del hombro.

Contemplé el darle un golpe en la cabeza con el remo, pero no quería tirarlo al rio o arriesgarme a que se ahogara.

Las aguas eran oscuras y profundas. No podía ver el fondo.

El silencio llenó el vacío y Lincoln señaló hacia la rampa y la estación de alquiler cercana. Lucía igual a la que había visitado antes.

——Detente a lo largo de la rampa ——dijo Lincoln.

Si, haría eso y botaría su trasero.

——Claro. ——Remé arduamente, queriendo llegar ahí lo más rápido posible así podría dejarlo atrás.

Lincoln saltó de la balsa y mojó sus pies. No que importara, él ya estaba empapado gracias al chapuzón que se había dado antes.

Esperé cerca de la entrada mientras él se dirigía a la plataforma. Yo empecé a remar lejos al minuto que sus pies estaban firmemente sobre el suelo y se había volteado para recoger el equipo. Pasaron un par de minutos antes de que él se diera la vuelta y lo notara.

——¡Harper!

Reí disimuladamente y lo saludé con la mano antes de remar río abajo.

CAPÍTULO DIECISÉIS

ARIELLA

La filmación de la película se había detenido por ahora. No había mucho que se pudiera hacer sin la actriz principal.

Eso me parecía bien; no tenía ánimos para trabajar.

Quería acurrucarme en el sofá con un paquete de chispas de chocolate con menta y comerme mis sentimientos.

Jaxson se acercó a mí, me había estado vigilando todo el día. Estaba agradecida por su preocupación la mayoría del tiempo, pero a veces quería tener mi espacio también.

——Acabo de recibir un mensaje de Lincoln. Encontró a Harper y ella se dirige por el río ——dijo Jaxson.

No entendía lo que quería decir.

——¿El río? ——No había vivido en Breckenridge por mucho tiempo. Había sobrevivido al invierno y eso era todo. ¿Necesitábamos intervenir?—— ¿Deberíamos ir ahí y ayudar?

No parecía que la filmación fuera a reanudarse pronto.

——Creo que Lincoln lo tiene bajo control. Harper se ha ido a hacer *rafting* y él es el mejor guía que conozco ——dijo Jaxson.

——Oh. ——Eso sonaba como algo divertido——. ¿Tal vez deberíamos hacer eso en algún momento? ¿Nosotros tres? ——Sugerí.

——Nosotros tres ——repitió Jaxson lentamente. ¿Estaba tratando de descifrar quién era la tercera persona que invitaría a ir con nosotros? No era Lincoln.

——Si, sería agradable hacer algo contigo e Izzie. ——Me gustaba pasar tiempo con ellos.

¿Era esa una mala idea? ¿Jaxson tenía problemas de compromiso? No le habíamos contado exactamente a nadie sobre nuestra relación. No estaba en la búsqueda de otro esposo. Ya uno había sido suficiente, pero si quería algo más con Jaxson. Él no era un rollo de una noche.

——Te quedaste callada ——dijo Jaxson.

——Solo estoy pensando.

——Oh no ——bromeó y me dio un empujoncito ——. Eso no puede ser bueno.

Rodé los ojos y sujeté sus brazos detrás de su espalda, apretando mi cuerpo contra el suyo. Me puse de puntillas para alcanzar su oído.

——¿Hay alguna posibilidad de que tengas unas esposas por aquí?

Necesitaba olvidar y alejar el miedo que me inundaba por la noche y me mantenía cautiva.

Jaxson alzó una ceja.

——Quizás, pero no serían para mí, Pecas.

Tragué grueso y miré a sus apacibles ojos azules. Él me había tomado por sorpresa. Nunca esperé que él admitiera tener esposas. ¿Qué más tenía o solo las tenía por su trabajo?

Él era un ex militar y trabajaba en seguridad, pero nunca había visto sus esposas de metal.

——Te estás sonrojando ——Susurró Jaxson en mi oído.

Mi agarre en sus muñecas no era tan fuerte por lo que él se liberó. Me sujetó las muñecas, me dio la vuelta y puso mis manos detrás de mi espalda, su cuerpo apretado contra el mío. Él me sostuvo estrechamente con una mano y con la otra, él movió mi cabello a un lado de mi cuello, su aliento acariciaba mi piel.

——¿Alguna vez has usado esposas en el dormitorio? ——Preguntó.

Di un vistazo alrededor, agradecida de que nadie nos estaba prestando atención.

——¿Lo has hecho tú? ——Repliqué. Mi voz se vio afectada un poco por los nervios. ¿Lo había notado?

Él me acercó más y nos movimos hasta la esquina en el lado opuesto del tráiler donde podíamos ocultarnos del puñado de miembros del equipo de producción que se habían quedado atrás. La mayoría se había ido cuando el director había dicho veinte minutos antes que habían terminado por ese día.

——¿Estás bien? ——Preguntó él.

Ya habíamos terminado de trabajar, pero no nos habíamos marchado. Jaxson había insistido en que esperáramos a ser los últimos en irse.

Como si realmente estuviéramos trabajando y haciendo nuestro deber.

Alguien podría haberse ido con uno de los tráileres de los actores y ninguno de nosotros lo habría notado.

Alcé la cabeza, inclinándome hacia él, todavía sin besarlo, dejando que ese momento perdurara entre nosotros.

——Estoy preocupado por ti, Pecas.

Me incliné hacia su toque y puse mis brazos alrededor de su cuello, abrazándolo. Él no tenía la menor idea de como ese simple gesto me había tranquilizado.

——Yo también ——susurré.

Su aliento le hacía cosquillas a mi cuello mientras él susurraba.

——He estado esperando a decirte esto, pero he hecho reservaciones en un *spa*. Tú y Hazel pueden pasar todo el día de mañana relajándose.

Visitar un *spa* sonaba maravilloso.

——¿Hazel viene conmigo? ——Esa era una sorpresa agradable.

——Si, Hazel y Mason se están volviendo nerviosos mutuamente, así que pensamos que sería una buena idea enviar a las chicas a algún sitio como un regalo de nuestra parte.

——¿Para así dejarlos en paz? ——Bromeé, riéndome entre dientes——. ¿Qué hay del trabajo?

Estábamos a mitad de semana; no podía simplemente descuidar mi trabajo, incluso si Jaxson era mi jefe.

Él se acercó más, sus labios rozando mi oreja lo que envió un escalofrío a través de mi espalda. El solo estar cerca de él, hacía que mi interior se encendiera y estremeciera.

——Estoy seguro de que me compensarás de otra manera ——dijo Jaxson.

——Si involucra a las esposas, entonces yo soy la que te sujetará a la cama. ——Mientras el pensamiento habría sido divertido hace tan solo unos días, así como la idea de ser valiente y aventurera, no estaba lista para bajar la guardia luego de lo que sucedió con Ben en el hotel.

Él sonrió satisfecho y negó con la cabeza.

——Ya veremos.

Sus manos acariciaron mi cintura cuando tiró de mí más cerca.

Puse mis manos sobre su pecho, nuestros cuerpos prácticamente intercalados entre sí. Si bien no hacía mucho frio en el exterior, el ligero frescor del viento había sido olvidado ya que la calidez de su cuerpo me calentaba por completo.

——Quiero que pases el día relajándote, Pecas. Te lo mereces. ——Me besó suavemente en la mejilla y mis párpados se cerraron. Me incliné un poco, poniéndome de puntillas para probar sus labios y queriendo sentirme segura de que afrontaríamos juntos lo que sea que haya sucedido.

——Estoy asustada ——susurré.

Me era difícil decir las palabras en voz alta.

Abrí los ojos al sentir su mirada puesta en mí.

——Lo sé ——dijo Jaxson——. Nunca dejaré que él vuelva a poner sus manos sobre ti.

No era solo el hecho de que Benjamin seguía en libertad, esperando su oportunidad para hacer algo.

Había tanto que aun no le había contado a Jaxson y cuando lo hiciera, ¿él me vería de la misma manera?

Había tenido la intención de contarle anoche, pero no había encontrado el valor para hacerlo y estaba asustada de sincerarme.

——Necesito decirte algo. ——Mis manos temblaban contra su pecho y me sujeté de su camisa, mis manos cerrándose en puños.

Me incliné para robar otro beso, teniendo otra probada de él porque tenía miedo de que podría ser el último.

CAPÍTULO DIECISIETE

LINCOLN

¡La pequeña fiera!

Harper se había escabullido al minuto que me di la vuelta y me distraje. Ella no tenía idea de lo peligrosos que los raudales eran, especialmente en esta época del año. Había unos cuantos autos estacionados en el muelle de carga, pero el único que me llamó la atención fue el mismo que había visto en la mañana, un brillante *Lotus* azul metálico. No había forma de que hubiera dos de esos vehículos en Breckenridge.

Suspiré pesadamente.

¡Mierda! ¿Dónde diablos estaba el tipo que parecía italiano y que conducía el auto? No se veía por ningún lado. ¿Ya se había ido por el río?

Me apresuré en entrar en la pequeña tienda, pero no había rastro de él.

——¿Mañana ajetreada? ——Pregunté, tratando de entablar una charla mientras buscaba información.

——Lo mismo de siempre ——dijo el hombre detrás del mostrador.

Él hablaba lentamente y sus movimientos no eran rápidos en lo más mínimo.

Saqué mi billetera, empapada, igual que mi teléfono. Genial.

——Me gustaría rentar una balsa individual, por favor y ¿tienes alguna cuerda que pueda comprar? ——Saqué mi tarjeta de crédito, sin querer perder más tiempo.

El hombre detrás del mostrador caminó sin prisa por la tienda para tomar la cuerda.

——¿Necesitas una de dos metros o de cuatro metros?

——Dos metros esta bien. ——No necesitaba mucho.

Si hubiera traído efectivo, la transacción habría sido más rápida. Garabateé mi firma y me apresuré a salir del lugar al minuto que él terminó y me dio mi recibo.

——No olvide su casco y chaleco salvavidas.

No dejé que terminara su frase. Ya lo había escuchado antes y sabía donde estaban esas cosas afuera.

Esta no era la primera vez que hacía *rafting* y con suerte no sería la última. Corrí hacia el encargado y le mostré mi recibo.

Mientras él buscaba la balsa, me puse el casco, el chaleco salvavidas y tomé un par extra para Harper.

Ella los tendría antes de que llegáramos a los raudales.

Sentía que podría no necesitarlos ya que conocía bien el río, pero quería que ella los usara, si yo no hacía lo mismo que le pedía hacer, nunca me haría caso.

Dejé caer la cuerda, el casco y el chaleco salvavidas en la balsa y empujé la embarcación hacia el río.

El agua helada se sintió bien en mis pies y salté en la balsa, acomodándome antes de empezar a remar rápidamente. Necesitaba alcanzar a Harper. Me apresuré en atravesar el río. Al menos iba en la misma dirección que la corriente. El río desembocaba más adelante y yo necesitaba llegar a ella antes de que se desviara hacia donde no debía. Este se volvió a unir eventualmente, pero había raudales más dificultosos a la derecha. Era mejor para un principiante tomar el lado izquierdo.

¿Necesitaba preocuparme por el hombre misterioso que había visto esta mañana? ¿Él había venido por una aventura acuática o tenía algo más en mente? ¿Sabía él donde Harper estaba o lo que había estado haciendo? Había sido capaz de localizarla con la ayuda de Mason. No había sido difícil rastrear su teléfono con la ayuda de la torre de señal más cercana para luego saber su ubicación exacta.

¿El italiano había hecho lo mismo? ¿Qué quería él con Harper?

Pero él no lucía como el tipo de sujeto que le interesaba los deportes acuáticos o que estaría cerca de un río.

Remé con rapidez y fuerza.

Entonces, pude obtener un vistazo de su balsa en la distancia. La desembocadura estaba cerca y ella se dirigió a la derecha.

¡Mierda!

——¡Harper! ——Grité, esperando que ella escuchara mis palabras.

Su largo cabello rubio se agitó cuando se volteó a mirarme sobre su hombro.

Remé más rápido y más fuerte, cerrando la distancia entre nosotros. Honestamente pensé que ella trataría de huir de nuevo. En su lugar, ella bajó el remo sobre la balsa y esperó a que yo me acercara. Mi corazón latía desbocado mientras la alcanzaba y me detenía al lado de su balsa, tomé la cuerda y uní nuestras balsas por las manillas.

Una débil sonrisa se asomó en sus labios.

——No creí que me seguirías después de que dejé tirado tu trasero dos veces.

——Soy persistente.

Harper se rio y negó con la cabeza.

——Eres algo más.

Sonreí e hice un nudo, manteniendo nuestras balsas juntas. Le pasé un casco.

——Usa esto.

——¿Y si no lo hago?

——No te dejaré pasar por los raudales más dificultosos. ——Ya las balsas estaban cerca de la entrada derecha que daba hacia la desembocadura y tomaría mucho tiempo legar al lado opuesto——. Por favor.

Ella resopló y tomó el casco de mis manos, poniéndoselo en la cabeza y abrochándolo bajo su barbilla.

Busqué el chaleco salvavidas detrás de mí.

——Esto también, por favor.

Al menos no tenía que sujetarla y forzarla a usarlo. No creo que eso hubiera salido bien.

Ella probablemente me habría arrojado al agua.

——Bien. No puedo permitirme morir aquí. Demasiado papeleo para ti, ¿no es así?

Tragué el nudo en mi garganta.

¿Sabía que había sido contratado como su guardaespaldas? ¿Se había dado cuenta que mi trabajo consistía en ser más que parte de la seguridad en el set? Si ella no se había dado cuenta aún, no podía arriesgarme a que descubriera la verdad.

Ella ya estaba enojada, pero me odiaría si se enterara.

——Fue una broma. Relájate ——dijo Harper. Ella se puso el chaleco salvavidas y alcanzó su remo——. ¿Vas a desatarnos ahora?

Una gran sonrisa cruzó mi rostro. No había manera en el infierno de que desatara nuestras balsas hasta que estuviera seguro de que ella había terminado por hoy. Ella tendría que estar fuera de la balsa y sobre tierra firme.

——Te gustaría eso, ¿no es así?

Sus dedos rozaron el nudo que había atado. Ella lo analizó por un buen rato antes de darse por vencida.

No estaba seguro si ella pensó que podría desatarlo o solo no le dio mucha importancia.

¿Quizás a ella no le importaba estar atrapada conmigo?

La balsa adquirió velocidad cuando la corriente se intensificó al acércanos a los raudales. Estuvimos charlando y riéndonos y casi pasé por alto el hecho de que nos acercábamos a las aguas turbulentas que teníamos por delante.

CAPÍTULO DIECIOCHO

JAXSON

Lo que sea que Ariella quería contarme, no podría ser la gran cosa. Sabía que hubo un tiempo en el que fue una agente de la C.I.A., y ni siquiera su esposo supo en su momento de que se trataba su trabajo.

Ella me había comentado una vez que, si bien él podría no haber sido culpable de los crímenes financieros por los que lo habían condenado, él ciertamente no era inocente tampoco.

No entendía lo que ella quería decir hasta que el monstruo la drogó y la arrastró hasta su furgoneta para secuestrarla. Afortunadamente, la habíamos encontrado antes de que él pudiera hacerle más daño o herirla, pero ella se estaba comportando de manera diferente. Podía sentir como dudaba cada vez que me acercaba para tocarla, abrazarla y demostrarle que estaba ahí para ella.

Quizás ella ni siquiera se daba cuenta de lo que hacía, pero yo sí.

——¿Qué tal si tenemos esta conversación en un lugar más privado? ——Sugerí——. ¿Quieres ir de paseo?

Si ella estaba lista para hablar de Ben, su exesposo, entonces yo estaba listo para escucharla. Si podría permanecer calmado o no, ese ya era otro obstáculo que tendría que afrontar.

Su mano se deslizó dentro de la mía mientras caminábamos juntos, lejos del set de filmación y hacia el borde del bosque en la distancia.

——Yo solo... no quiero que me odies cuando sepas la verdad.

Nunca podría odiarla. Podría estar decepcionado, pero odio era una palabra fuerte.

——Déjame adivinar. ¿Te casaste con Benjamin porque la C.I.A. te pidió que lo hicieras?

No estaba seguro de que eso es lo que ella pretendía decirme, pero trataba de hacer conjeturas. ¿Qué tan acertado estaba?

——No precisamente ——dijo Ariella. Su mano se apartó de la mía cuando ella se cruzó de brazos.

Me quedé cerca, nuestros cuerpos casi se tocaban por nuestras caderas mientras caminábamos al lado del otro.

Esperé a que ella se explicara y me dijera que era lo que la mantenía tan atrapada en ese problema que incluso Ben se las había arreglado para encontrarla.

——Mi ex-esposo, Ben ——reiteró ella——, no lo conocí casualmente o de manera accidental.

——Lo estabas vigilando ——dije.

Frunció el ceño.

——No era como si yo fuera una agente de campo y se suponía que tenía que ir encubierta. Había salido a tomar algo con mi equipo de la C.I.A., y mientras investigábamos a Benjamin Ryan en la oficina, nos encontramos con él en el bar. Él seguía mirándome y eventualmente se acercó y me pidió bailar con él. Era obvio que yo le gustaba y quería conocerme.

——Es un hombre que toma riesgos. ——No debería estar sorprendido por su movimiento, considerando lo que había hecho apenas ayer.

——Si, tenía mis dudas, pero tenía más miedo de lo que rechazarlo le podría hacer a la investigación. Así que, bailé con él, tuvimos una bebida y luego él me dio su número. Me dijo que el siguiente paso lo tendría que hacer yo.

Eso me sorprendió.

No habría pensado que ella era del tipo que se habría lanzado voluntariamente a un edificio en llamas.

——Sé lo que estás pensando, yo me lo busqué, pero mi jefe insistió en que llamara a Ben.

Mis manos se convirtieron en puños. Mataría a quien sea que haya sido su jefe si me lo encontraba.

——Nunca pensé eso, Pecas.

Esto no era su culpa de ninguna manera. Incluso si ella había hecho una pésima decisión al salir con él, claramente, había algo importante que buscaban.

Ella se había casado con él. No pudo haber sido todo a causa de su jefe. Ella debió amarlo en algún punto.

Ariella comenzó a caminar de nuevo, esta vez, a la orilla del bosque cuando alcanzamos el final del campo abierto.

——Ben había sido un caballero y la investigación no había arrojado nada, así que cuando él me invitó a salir por segunda vez, una parte de mí quería volver a verlo.

——¿Pero? ——Tenía la ligera sospecha de que alguien, probablemente su jefe, la había empujado hacia Ben.

——Pero mi jefe insistió en que, si Benjamin Ryan no estaba involucrado en la red de trata de personas, entonces uno de sus colegas o amigos tenía que estarlo y ellos estaban trasladando a las mujeres a través del edificio donde él vivía.

Mi estómago pareció caer al pensar en el peligro que eso representaba.

——¿Pudo haber sido un vecino? ¿Ben tenía un apartamento o un condominio en Nueva York? ——Pregunté.

——Eso es lo que había pensado, que él vivía en uno de los apartamentos, pero los registros de su teléfono indicaba que estaba implicado. Resulta que su hermano, Richard, estaba viviendo con él. Él había estado entrando y saliendo de prisión y sus amigos lo estaban visitando cuando fui a su lugar después de estar saliendo por unos cuantos meses.

——¿Qué sucedió? ——Ella seguía viva, claramente, y relativamente ilesa. Diablos, ella se había casado con el tipo.

Ariella se encogió de hombros.

——Nada. ——Ella se detuvo y se dio la vuelta hacia el set de filmación.

Los tráileres se veían pequeños a la distancia y era muy difícil ver si todo el mundo se había ido por hoy o si quedaban aún algunos rezagados.

La mayoría se había marchado cuando comenzamos nuestro paseo.

——¿Nunca se lo contaste a tu supervisor? ——Pregunté. Me era difícil creer eso. Ella no parecía ser del tipo que traicionaría a la C.I.A. por un hombre.

——Lo reporté y su hermano fue arrestado. Pero dado que Ben no parecía estar involucrado y en ese momento estúpidamente me gustaba, seguimos saliendo.

Honestamente, una pequeña parte de mí estaba aliviada de que su hermano era el responsable y que la C.I.A. había rastreado al sujeto equivocado. Luego de la redada policial en el lugar, Benjamin se marchó y todo lo que había sucedido se había quedado atrás. Su hermano, el drama, la investigación, todo quedó en el pasado. Por lo que supe, Ben y Richard nunca volvieron a hablarse; y nunca le dije a Ben que yo era la razón por la que su hermano había regresado a prisión.

Tomé su mano.

——Eso probablemente fue lo mejor. No habría salido bien y habría arriesgado más tu vida.

——Si, así que, en su lugar, me casé con él. Una idea estupenda ——bromeó ella.

——Todos cometemos errores. Se nos permite incluso cometer uno muy malo ——me burlé.

Ella apretó mi mano.

——Gracias. Ben no se había dado cuenta de que yo estaba con la C.I.A. hasta que fue a prisión. Alguien se lo dijo. No tengo idea si fue Richard o alguien más. Es por eso que él vino aquí y me culpa por todo.

La abracé fuerte entre mis brazos, abrazándola.

——Nada de esto es tu culpa.

¿Ella se daba cuenta de ello?

——Encontraremos a Ben y hasta que él sea localizado, tendrás a un miembro del equipo de *Eagle Tactical* cuidándote.

——¿Me estás asignando un guardaespaldas? —— Ariella sonrió, riéndose entre dientes——. Debería haber esperado eso de ti, pero esa me tomó por sorpresa.

——Bueno, debiste ——dije.

Había planeado ser su guardaespaldas y protector en su mayor parte, pero si yo no podía estar presente, entonces lo estaría otro de los hombres con los que serví; ellos me cubrían las espaldas.

——¿Eso significa que te unirás a nuestro día de chicas mañana en el *spa*? ——Sus manos se deslizaron bajo mi camisa, sus dedos acariciando mi piel.

Quería ser yo el que le diera un masaje. Quizás podríamos hacer eso esta noche. ¿Solo nosotros dos?

——¿Qué tal si te doy una pequeña muestra de tu día en el *spa* en casa?

Ella retrocedió un poco, pero seguía abrazando mi cintura mientras me seguía mirando.

——Hmmm ——dijo ella, reflexionando sobre ello ——. ¿Ese masaje dará paso a algo mucho más placentero? Porque tan cansada como estoy, podría estar de acuerdo con ese arreglo.

Me incliné hacia ella y besé ligera y tiernamente su cuello.

——No querría mantenerte despierta.

——Oh, valdría la pena ——dijo Ariella. Presionando una mano en mi espalda baja mientras la otra se enredaba en mi cabello.

Su toque se sentía maravilloso, relajante e hipnótico. La acerqué más, gruñendo en su oído.

——Tal vez debería llevarte a casa, desvestirte y prepararte para tu día en el *spa* mañana.

Tenía otros planes en mente que involucraban un masaje de cuerpo completo y el escuchar sus dulces gemidos y como se quedaba sin aliento al rogar por más.

CAPÍTULO DIECINUEVE

ARIELLA

El estudio se había molestado porque Harper se había marchado por el día y la filmación se tuvo que detener, pero no había nada que pudiéramos hacer.

Me dirigí a casa y Jaxson me siguió de cerca todo el tiempo.

Él había planeado recoger a Izzie antes de la cena, pero la estaba dejando pasar más tiempo con sus amigos. Él tenía razón. Era beneficioso para Izzie que tuviera a otros de su misma edad con los que jugar. Ella no tenía hermanos, y no estaba segura de que podría volver a concebir un niño de nuevo.

Había perdido a mi hijo y eso me perseguía hasta hoy. Había trabajado a través del duelo, pero ver a Ben había traído de vuelta todas esas emociones y más, con los recuerdos resurgiendo.

Él no siempre había sido el tipo malo, una vez lo amé. Pero se sentía como si hubiera sido una vida atrás.

Finalmente y ya en casa, me hundí en la cama con mi cabeza en contra de la almohada, mis ojos cerrados y desnuda. La calidez y peso de Jaxson se apretaban contra mis caderas, presionándome más contra las sábanas. Él esparció loción sobre sus manos y frotó sus palmas juntas para calentar sus manos antes de masajear mis hombros, bajando por mi espalda.

Un leve suspiro se escapó de mis labios.

Las manos de Jaxson eran fuertes y firmes, y sus movimientos me tranquilizaban y me llevaban a tener sueño más que cualquier otra cosa. Había esperado que él aprovechara la oportunidad de que estábamos solos para seducirme, pero él me sorprendió. Sus manos masajearon mi espalda con movimientos suaves y relajantes. Mi cuerpo se dejó arrastrar aún más por el sueño, relajado y sin ningún pensamiento o preocupación en el mundo.

Su toque tenía un efecto sanador. Jaxson apartó sus labios de los míos y yo gemí en protesta.

——¿Quieres que continúe? ——Preguntó.

Pude sentir su aliento suave y cálido cuando se inclinó para besarme el cuello.

——Si. ——Tomó cada gramo de fuerza el responderle.

Sus labios eran cálidos y suaves contra mi piel.

——Duerme, Pecas.

Abrí la boca para protestar, pero contestar requería de mucha energía.

Sus manos continuaban masajeando mi piel desnuda mientras yo me dejaba llevar por el sueño.

————

Me quedé dormida gracias al masaje más asombroso que había tenido en mi vida. Jaxson había hecho su magia y no había sido ni remotamente sexual como había esperado.

Luego de cenar, nos acurrucamos en el sofá y vimos una película juntos una vez que Izzie estaba en su cama. Skylar entró tambaleándose pasada la medianoche, pero ninguno de nosotros le dijo nada.

Ella era una adulta, pero era evidente que había estado en una fiesta.

Jaxson me dio el día libre y se suponía que Hazel vendría a la casa en la mañana. Planeamos recoger el desayuno juntas y luego nos dirigiríamos hacia el *spa*.

Necesitaba un día lejos del mundo, una oportunidad para relajarme y para no pensar en lo que había sucedido con Ben.

El masaje de la noche anterior me había llevado a dormir pacíficamente, sin pesadillas.

Veía constantemente sobre mi hombro a cada momento del día, esperando a que Ben reapareciera.

Lo que daría para sentirme tranquila y a salvo.

Jaxson tenía razón. Necesitaba hablar con alguien acerca de lo ocurrido y ¿quizás un terapeuta podría ayudar? Suspiré pesadamente y luego se escuchó un golpe sordo afuera.

Mi corazón dio un vuelco y salté. Me apresuré hacia la ventana y di un vistazo afuera. Había esperado ver un auto y que era Hazel quien llegaba temprano.

No había nadie afuera.

Mis manos temblaron. Revisé de nuevo que la alarma estuviera activada.

No era Ben. Él no sabía dónde vivía o cómo encontrarme. Incluso si me rastreaba hasta Breckenridge, no había manera de que él supiera que vivía con Jaxson.

Él ni siquiera debía saber que estábamos juntos y él no había dicho nada al respecto cuando me secuestró hace tan solo unos días. Tal vez, vivir con Jaxson indefinidamente no era una idea tan mala. Me sentía segura y protegida con Jaxson.

La verdad, estaba asustada y temerosa de que, si hablaba con una terapeuta, ésta me convencería de mudarme y que una relación con mi jefe era una idea terrible.

CAPÍTULO VEINTE

HARPER

Necesitaba un café, algo fuerte con una dosis extra de cafeína. Había pasado la noche anterior en el motel de mierda, sola. Lincoln y yo habíamos recogido la cena y unas bebidas en el bar cercano luego de terminar de hacer *rafting*.

Él podría ser muy atractivo, pero me había mentido. Lincoln, junto a sus amigos, trabajaba como parte del equipo de seguridad para la producción de la película.

Tal vez no debería estar enojada, pero ¿por qué no me lo había dicho?

¿Él sabía quién era yo cuando nos encontramos por primera vez en la cafetería?

Aquí estaba de nuevo, con la necesidad imperiosa de tomar cafeína. Me detuve en la cafetería donde había conocido a Lincoln de camino al set de filmación.

¿Cuáles eran las posibilidades de que lo volviera a ver hoy? Pues, bastante altas, probablemente, pero eso sería cuando llegara al set. Afortunadamente, él no estaba ahí esta mañana.

Suspiré de alivio y me dirigí directamente hacia la caja registradora para hacerle mi pedido a la chica detrás del mostrador. Su gafete decía Skylar.

Era la misma chica que había dicho mal mi nombre la última vez. Maravilloso.

——¿Harper? ——Una voz que no reconocí se escuchó detrás de mí en la fila para pedir.

Terminé de hacer mi pedido y deslicé mi tarjeta de crédito en el lector de tarjetas antes de dar un vistazo por encima de mi hombro.

——¿Sí?

No reconocí al hombre de cabello corto al ras al estilo militar y que usaba gafas de montura metálica. El usaba *jeans* azules y una camisa de vestir y parecía recién salido de la escuela secundaria.

——Soy Charles Stone, vengo del *Hollywood Chronicle*.

Él sacó del bolsillo de sus jeans un cordón con su credenciales que decía PRENSA.

Gemí internamente.

——¿Tienes un minuto? ——Preguntó.

La puerta de la cafetería se abrió detrás de él y Lincoln entró.

¿Este día podría ser peor?

——¿Me estás acosando?

Le lancé una mirada a Lincoln antes de regresarle mi atención al reportero. Él no era del lugar. *Hollywood Chronicle* era una revista de entretenimiento con sede en Los Ángeles, lo que significaba que Lincoln no lo reconocería.

——Si, acompáñame, Charles. Nos buscaré una

mesa ——dije un poco demasiado alto para que Lincoln escuchara.

Tomé mi café del mostrador y me apresuré a sentarme.

Charles se saltó la fila y tomó una silla.

Hombre listo.

Él probablemente estaba preocupado de que cambiaría de opinión.

También no tenía mucho tiempo, lo cual él parecía reconocer. Me senté frente a Charles en la mesa y alcé una pierna sobre la otra, mirando a Lincoln por encima de él.

Lincoln refunfuñaba mientras hacía su pedido y de vez en cuando miraba a mi dirección.

¿Estaba celoso? No quería hacer contacto visual con él. Cambié de posición en mi asiento, con la esperanza de poder ignorarlo. Él obtendría su café pronto y se iría, ¿no es así? No tenía tanta suerte.

Él estaba de pie junto al mostrador, esperando por su bebida y observándome todo el tiempo.

——¿Tu novio? ——Preguntó Charles, dando un vistazo por encima de su hombro.

——Es solo alguien perteneciente al set de filmación ——dije y le hice un gesto para que continuara——. ¿Qué te gustaría saber?

Charles sacó su teléfono.

——¿Te importa si grabo nuestra conversación?

——Adelante.

Él abrió una aplicación y grabó una secuencia de audio.

——Gracias.

Él parecía joven, y bastante listo quizás, pero también parecía que yo era su primer trabajo.

——Estás bastante lejos de Hollywood ——dije sorprendida de que me había perseguido hasta Breckenridge.

Charles rió en voz baja.

——Si. ——Él comenzó a hacer sus preguntas acerca de la película, si me gustaba este pueblo y cuál sería el papel de mis sueños.

Mantuve la voz baja para asegurarme que no se escuchara a través de la cafetería. Nadie sabía quién era aparte de Lincoln y Charles. Al menos, nadie me había prestado alguna atención especial. Era agradable ser una don nadie. No podía recordar haber sido eso antes.

——Y una última pregunta ——dijo Charles——. ¿Te importaría si nos tomamos una o dos fotos afuera? Me encantaría tener una foto para el artículo.

——¿Qué tal si vienes al set y te concedo esa foto durante el almuerzo?

No quería que él tomara fotos de mí sin tener maquillaje o mi cabello arreglado. No lucía muy bien y lo último que quería era ser entrevistada por una revista de Hollywood luciendo como si recién hubiera salido de la cama, lo cual era básicamente lo que había hecho.

Tomé mi último sorbo de café y me levanté para ir a arrojar el vaso vacío a la basura. Empujé la puerta de cristal y me dirigí afuera.

Charles me siguió con el teléfono en la mano.

——Es solo una foto. Podemos retocarla después —— dijo Charles.

Él levantó su teléfono y empezó a tomarme fotos, ignorando mi petición.

Cubrí mi rostro con una mano.

¡Imbécil! Había sido ingenua al pensar que él haría lo que le había pedido. Él probablemente era uno de los idiotas que había estado vigilando mi hotel en mi primera noche en el pueblo.

——¡Dije que no!

——La dama te pidió que la dejes en paz —— respondió la voz ronca de Lincoln. Podía escuchar sus fuertes pisadas desde atrás.

No necesitaba que él peleara mis batallas, pero él era mucho más grande y alto que Charles. Lincoln era un hombre de los pies a la cabeza.

——¡Bien! ——Charles metió su teléfono en su bolsillo——. Me voy. De todas maneras, ya obtuve la foto que quería.

Lincoln le gruñó al hombre y se acercó más a él.

——Dame tu teléfono.

——No. ——El labio inferior de Charles empezó a temblar.

Lincoln se cernió sobre Charles y lo sujetó por las solapas de su camisa.

——No era una pregunta.

———

No tenía tiempo para lidiar con Charles o Lincoln para el caso. Ya estaba retrasada y necesitaba llegar al set luego de tomarme el día libre ayer.

Corrí hasta mi auto, dejando que los dos discutieran en el aparcamiento. No creía que Lincoln lastimara realmente al idiota de *Hollywood Chronicle*, pero no iba a intervenir si decidía hacerlo. Salí pirada del aparcamiento e hice una retirada brusca, apresurándome hacia el set. Mi pie era como plomo sobre el acelerador y al doblar hacia una curva en la carretera, vi que un auto estaba detenido en medio de la calle. Pisé el freno, pero me tomó mucho tiempo. Me estrellé contra el pequeño sedán de cuatro puertas. Se escuchó el crujido del metal contra el metal.

¡Mierda!

CAPÍTULO VEINTIUNO

ARIELLA

Me sentía como una adolescente estúpida, asomándome a través de las persianas y esperando a que Hazel llegue.

No éramos mejores amigas, pero no conocía a mucha gente en el pueblo y no era fácil hacer amigos en pueblos pequeños, especialmente durante el invierno. A pesar de que el invierno había quedado atrás afortunadamente, conocer gente nueva se hacía más difícil al pasar la mayoría de los días trabajando y las noches con Jaxson e Izzie. No me arrepentía de ello. Jaxson ya se había marchado al set de filmación. Si bien quería que él se tomara el día libre y fuera con nosotras, alguien tenía que ser el responsable.

Una camioneta entró en el camino de acceso y se estacionó enfrente de la casa. Mason estaba detrás del volante.

Hazel salió y se despidió con la mano antes de acercarse a la puerta principal.

Desactivé la alarma y abrí la puerta antes de que ella siquiera tuviera tiempo de llamar a la puerta.

——¿Estás lista? ——Traté de ocultar la emoción de mi voz, pero estaba fallando miserablemente.

——Si, pero me tomó toda la mañana el convencer a Mason que no nos siguiera hasta el *spa*. Él me hizo prometer que lo llamaría cuando llegáramos y de nuevo cuando nos marcháramos ——dijo Hazel.

Habría pensado que él estaba siendo sobreprotector si no fuera por el hecho de que ambas recientemente habíamos sido secuestradas y retenidas contra nuestra voluntad.

——Jaxson me hizo prometerle lo mismo y, además, puso un rastreador en mi teléfono.

——¡Oh, por Dios! ——Chilló Hazel. Ella me envolvió con sus brazos, saludándome apropiadamente.

Mason dio la vuelta en la camioneta y salió de la entrada de acceso, bajando por la montaña.

——¿Estás lista para un día de chicas? ——Activé la alarma y cerré la puerta con llave detrás de mí.

Hazel se apresuró hasta mi auto y esperó junto a la puerta del lado del pasajero. Era evidente que ella estaba tan feliz como yo de salir y divertirse.

Estábamos de camino en cuestión de minutos. Me senté tras el volante y hablaba animadamente con Hazel.

——Tienes que contarme todo lo que ha estado ocurriendo en tu vida.

Nos habíamos enviado mensajes de texto en ocasiones, pero teníamos tantas cosas que contarnos.

Ella se había mudado con Mason luego de que le dispararon y no habíamos pasado tiempo a solas para hablar acerca de cómo eso estaba resultando.

——Mi vida gira alrededor de Mason, y eso es todo ——dijo Hazel——. Imagina que tuvieras que cuidar a Jaxson 24/7.

Eso no sonaba tan horrible.

——Tanta diversión. ——Ella no sonaba como si lo hubiera disfrutado.

Mason era un hombre atractivo y si bien no había empezado con el pie derecho con él, parecía que ambos compartían una historia.

——Bueno, jugar a la enfermera fue divertido al principio, especialmente porque él me hizo usar un disfraz sexy ——dijo Hazel.

Le di un vistazo y capté su sonrojo mientras ella miraba a través de la ventana.

——¿Y? ——Salí del paso de la montaña y me dirigí a través de la carretera principal hacia el *spa*.

——Es difícil hacer algo cuando él está de reposo en cama y no tiene permitido participar en actividades divertidas. Fue una tortura eñ jugar a la enfermera y no ser capaz de hacer las cosas que quería hacerle.

Me reí y mordí mi labio inferior.

——Ese ya no es el caso, ¿cierto? ——Habían pasado semanas desde que le dispararon y el doctor lo había autorizado a hacer trabajo de oficina.

——Bueno, hemos tenido que tomarlo despacio —— dijo Hazel——. Es decir, estoy segura de que él quiere hacer más y también yo, pero él ha necesitado tiempo para sanar.

——Entiendo.

——¿Lo haces? Sé que piensas que la relación entre tú y Jaxson es un secreto, pero es bastante obvio. Probablemente todo el mundo en Breckenridge lo sabe ahora ——dijo Hazel.

Apreté mi agarre en el volante.

——Por favor, dime que estás bromeando.

Hazel me miró mientras mi atención estaba en la carretera.

——¿Me equivoco? ¿En serio me estás diciendo que ustedes dos son solo amigos?

Un ciervo saltó hacia la carretera y yo pisé los frenos para evitar estrellarme contra la criatura. El cinturón de seguridad se afianzó en su lugar al detenernos abruptamente.

Segundos después, fuimos arrojadas hacia adelante, metal contra metal cuando alguien se estrelló contra nosotras.

Mi corazón latía desbocado en mi pecho.

——¿Estás bien? ——Pregunté.

——Si.

Di un vistazo por el espejo retrovisor.

——¿Harper? ——Susurré, abriendo la puerta.

Me desabroché el cinturón de seguridad y salí del auto, sorprendida de ver que fue ella quien había chocado contra mi auto.Hazel salió desde el asiento del pasajero.

——¿Estás bien? ——Preguntó Hazel.

——Si, estoy bien. ——Solo estaba un poco conmocionada, pero aliviada de que solo era Harper.

Lo primero que pensé fue que Ben me había encontrado.

¿Era eso irracional? Él estaba por ahí, en algún lugar.

¿Siempre tendría que mirar sobre mi hombro?

No había habido algún recibo de hotel o tarjeta de crédito reciente que indicara a donde se había ido y no habíamos encontrado un teléfono que pudiéramos rastrear.

——Lo siento tanto ——se disculpó Harper——. No vi al auto detenido en la curva.

Una camioneta desaceleró al acercarse.

——¿Es en serio? ——Murmuró Hazel entre dientes.

¿Estaba refunfuñando acerca de que Harper nos había chocado o sobre el conductor que se acercaba?

CAPÍTULO VEINTIDÓS

HARPER

——Lo siento ——me disculpé nuevamente——. No vi que te habías detenido. Podemos solo intercambiar los datos del seguro y seguir nuestro camino.

Me acerqué más para ver mejor a las dos mujeres contra las que había colisionado.

——Eres la chica del set de filmación. La que fue secuestrada.

Nunca olvidaré ese momento. Quedaría para siempre en mi mente.

La morena suspiró con pesadez.

——Probablemente debería agradecerte por tratar de detener a Ben.

No había tenido éxito, pero al menos ella seguía con vida.

——Me alegro que estés bien ——dije.

Ella estaba bien, ¿No era así?

Su mejilla tenía un vendaje, pero aparte de eso, lucía bien.

Una camioneta redujo la velocidad y se detuvo detrás de nosotras.

Las dos chicas no lucían aturdidas sino enojadas.

¿Era porque había chocado su auto? Si fue un accidente.

——De nuevo, lo siento. Pagaré por los daños.

——¿Están todas bien? ——Preguntó una voz áspera, bajando su ventana.

——Estamos bien, Mason ——dijo Ariella——. ¡No puedo creer que no estes siguiendo!

Busqué mi teléfono en mi bolsillo.

¿Necesitaba buscar ayuda? ¿Lincoln vendría si lo llamaba?

——¿Qué tal si les doy un aventón a Hazel, Ariella y a ti? Puedo dejar a las chicas en el *spa* y llevarte a donde sea que vayas. ——Dijo Mason——. Estaciona tu auto a un lado de la carretera y yo llamaré al taller de Declan para que remolquen los autos y los arreglen.

Mi auto era rentado.

——Eso no es necesario. ——No conocía a este tipo. Las dos chicas si, pero yo no me iba a montar en su camioneta.

——Bien ——refunfuñó Ariella. Ella movió su auto y le arrojó las llaves a Mason. La parte trasera de su vehículo se había doblado gracias al impacto y se había llevado la peor parte del daño a diferencia de mi auto rentado.

——¿Confías en él? ——Pregunté a Ariella en un susurro.

Ella era parte del equipo de seguridad del set de filmación.

Si ella confiaba en ir con él, entonces estaba bien.

¿Cierto?

——Él es mi novio ——dijo Hazel——. Él te llevará a donde sea que necesites ir en el pueblo.

——Deberías venir con nosotras al *spa* ——dijo Ariella.

Dios, eso sonaba espectacular. Sin embargo, tenía una película que filmar. No podía saltarme el trabajo dos días seguidos, incluso si había estado en un accidente automovilístico. No ayuda el hecho de que el choque había sido mi culpa.

——No puedo ——dije.

——¿Qué tal si vienes después de que termines la filmación? ——Preguntó Ariella——. Tendremos una noche de chicas esta noche.

——¡Vino incluido! ——Añadió Hazel.

Era evidente que ella estaba emocionada y probablemente necesitaba un descanso de lo que sea que ella hacía para ganarse la vida.

Diablos, yo también necesitaba uno.

——Deberías venir ——dijo Hazel.

Eso sonaba genial.

——¿Sólo chicas? ——Extrañaría pasar la noche con Lincoln, pero él era solo el rollo de una noche.

¿No era así?

Además, él había mentido acerca de estar trabajando para la seguridad del set de filmación. No era mala idea distanciarnos un poco. En solo unos pocos días habría terminado la filmación y regresaría a Los Ángeles.

——Si ——dijo Ariella——. Te enviaré un mensaje con la información si no te importa darme tu número de teléfono.

———————

No quería admitir los celos que se filtraron en mis venas cuando Mason me dejó en el set.

El director no parecía complacido de que llegaba tarde una vez más.

Él se acercó furiosamente a mí, y antes de que él pudiera estallar y decirme lo irresponsable que era o como no me importaba mi papel, le ofrecí una disculpa.

——Lo siento ——dije, disculpándome rápidamente de camino a maquillaje.

No me detuve para tener una charla o para incluso dar una excusa.

——¿Dónde diablos está tu guardaespaldas? —— Dijo el director enfurecido y caminando detrás de mí.

Tragué el nudo que se aferraba en mi garganta.

——¿Mi guardaespaldas? ——Repetí.

Mi voz salió ronca, me había tomado por sorpresa.

——¿Tengo un guardaespaldas?

¿Es por eso que Lincoln había insistido en lanzarse al condenado río para hacer *rafting* conmigo? Incluso después de haberlo dejado tirado en el muelle, él había rentado una balsa para alcanzarme. Había sido una tonta al creer que él quería pasar tiempo conmigo.

¡Que significaba algo para él!

Mis ojos se llenaron de lágrimas.

El director se burló.

—— Por supuesto que tienes a alguien vigilando todos tus movimientos. ¿En serio pensabas que el estudio confiaba en ti luego del último incidente cuando trabajaste conmigo?

El sol cayó y el aire se sintió caliente, me sofocaba.

——No sabes nada de mí. ——Me apresuré a ir al tráiler de maquillaje y cerré la puerta de un golpe detrás de mí.

La joven mujer, Melissa, estaba sentada en la cama. Su atención había estado en su teléfono cuando irrumpí a través de la puerta.

——Siento llegar tarde. Choqué contra un auto de camino aquí esta mañana.

Sus ojos se abrieron de par en par y se levantó.

——¿Estás bien? ——Sus ojos me recorrieron de los pies a la cabeza.

¿No parecía estar bien?

——Estoy bien, solo no me siento muy bien hoy.

Era difícil no estar conmocionada por el asunto, más la discusión que tuve con el director, y sin tomar en cuenta lo que había escuchado de Lincoln.

Él era mi guardaespaldas, ¿no es así? Lo había visto en el set y fuera de él. Había estado conmigo casi cada noche desde que llegué al pueblo.

¿Había sido todo planeado? Mis instintos me decían que huyera, pero no tenía manera de hacerlo sin un auto. Me desplomé en la silla frente al espejo con un ceño fruncido en mi cara mientras Melissa se cernía sobre mí.

——¿Hay alguna posibilidad de que me prestes tu auto?

CAPÍTULO VEINTITRÉS

LINCOLN

Robé el teléfono del bastardo y lo estrellé en mil pedazos contra el piso antes de irme de la cafetería.

¡Cómo se atrevía a tomar fotos de Harper cuando ella explícitamente le pidió no hacerlo e incluso lo había invitado al set! ¡Qué tipo más desagradable!

El imbécil me había hecho perder de vista a Harper. Se suponía que mantendría un ojo en ella, incluso desde la distancia, pero había fallado en eso.

El presentarme en la cafetería justo unos momentos después de ella no había sido una coincidencia.

Mi teléfono tenía una alarma que me avisaba cuando ella estaba en movimiento. Me apresuré a llegar al set, desacelerando la camioneta cuando noté su auto y el de Ariella destrozados a un lado de la carretera.

Golpeé el volante con mis manos, otra vez.

——Mierda.

¿Ahora en dónde estaba ella?

Llamé a Jaxson utilizando el dispositivo de manos libres de mi vehículo.

——¿Está todo bien? ¿Dónde estás? ——Preguntó Jaxson.

——Voy retrasado. Al parecer los problemas siguen a Harper. Tuve que lidiar con un reportero e iba de camino al set, pero noté dos autos a un lado de la carretera y uno de ellos era el de Harper ——dije.

No di más explicaciones para no preocupar a Jaxson.

¿Ariella lo había llamado? ¿A dónde se habían ido las chicas? ¿Fueron llevadas por un extraño?

——Harper justo se presentó hace unos minutos. El director parece bastante molesto. Debo advertirte. A él se le escapó que el estudio contrató a un guardaespaldas para ella.

¿Por qué diablos el director tuvo que hacer eso? ¿Quería hacer mi vida miserable?

——Genial ——murmuré en voz baja. Ahora las posibilidades de que Harper me dejara pasar la noche con ella y que la pudiera vigilar eran mínimas.

No estaba preocupado de que ella estuviera sola en el hotel. Se trataba de qué clase de problema se metería por su cuenta.

Ella nunca había sido solo un trabajo; quería pasar tiempo con ella. Ya los rumores habrían empezado a correr acerca de una estrella de Hollywood y un equipo de filmación que se encontraban en el valle. Lo último que necesitaba era que más reporteros persiguieran a Harper.

——Ariella me llamó de camino al *spa*. Ella invitó a Harper a una salida de chicas esta noche.

Qué interesante. ¿Desde cuando Harper era amiga de Ariella? No las había visto juntas a excepción de los dos autos abandonados a un lado de la carretera.

——¿Ariella mencionó algo acerca de su auto?

——Si, Harper chocó contra su auto cuando las chicas se detuvieron a punto de atropellar a un ciervo que corrió a la carretera ——dijo Jaxson.

Él no parecía molesto con Harper por el accidente.

——¿Estaban todas bien?

Me estacioné en el aparcamiento del set de filmación y apagué la camioneta. Tomé mi teléfono y este se desconectó de los altavoces.

——Solo estaban un poco conmocionadas. Ariella y Hazel fueron al *spa* como lo habían planeado. Mason les dio un aventón a todas.

Salí de la camioneta y suspiré de alivio. Al menos no había sido Ben el que se había llevado a las chicas o las había forzado a irse con él. La mayoría de la gente del pueblo era bastante amigable y habrían ofrecido un aventón felizmente, pero había unas cuantas personas que solían vivir a los márgenes y que me preocupaban. La mayoría habían muerto hace unos meses atrás en una emboscada. Quedaron unos cuantos que sobrevivieron misteriosamente. Esos eran los que me preocupaban, los que se habían escapado indemnes.

Colgué mis credenciales en mi cuello. El cordón se balanceaba mientras caminaba hacia el set a un ritmo rápido. Si bien no lo había planeado, llegar tarde no se veía bien.

Cuando vi a Jaxson, terminamos la llamada y metí el teléfono dentro de mi bolsillo. Mantuve un ojo en el tráiler de Harper. Dudaba que ella se encontrara ahí. Ella probablemente estaba en el tráiler de cabello y maquillaje o el de vestuario, preparándose.El director estaba a unos pocos metros al otro lado del césped y tenía su teléfono pegado a su oreja mientras tocaba la puerta de uno de los tráileres.

——¡Puedes darle a tu carrera un beso de despedida! ——Gritó el director.

La puerta del tráiler se abrió y Harper bajó las escaleras dando pisotones.

Jaxson y yo intercambiamos miradas. Habíamos sido contratados para proteger a Harper y para evitar que los fisgones entraran en el set. Pero ella no parecía que necesitara ser cuidada ahora mismo.

Ella podía cuidarse a sí misma.

——¿En serio? ——Resopló ella y caminó hecha una furia hacia él. Si bien ella era más baja, no lucía ni un poco intimidada por él——. ¿Tal vez debería llamar a tu esposa y contarle como me convenciste para que me tomara fotos desnuda para así poder obtener mi primer papel y luego procediste a compartirlas con los tabloides?

La cara del director se volvió completamente roja.

——Tú quisiste tomarte esas fotografías.

——¡Como el infierno que quise! ——Gritó Harper. Parecía no importarle quien la escucharía o lo que se decía.

Esperé que al director le saliera humo por los oídos.

——Cuando el estudio te despida, no vengas arrastrándote hacia mí para que te ayude.

Él se fue furiosamente y arrojó su portapapeles al césped como si fuera un niño teniendo una rabieta.

Las manos de ella se convirtieron en puños.

Ella se dio la vuelta sobre sus tacones y fijó su mirada en mí.

Mierda.

CAPÍTULO VEINTICUATRO

HARPER

El director era un imbécil de talla mayor.

Ya había lidiado con él demasiadas veces y hoy no estaba de humor para morderme la lengua y caminar sobre cáscaras de huevo.

Alguien más podía hacer eso por él. No me importaba si me sacaban de la película. Era un papel de actuación cutre para una película que probablemente habría fracasado de todas maneras.

Lincoln me observaba al otro lado del set.

¿Había visto el alboroto entre el director y yo? ¡Genial!

Pasé una mano por mi cabello. Ya no importaba la producción; el director se había marchado enfurecido y yo no estaba de humor para poner una cara feliz y fingir ser alguien que no soy. Algunos días podía hacer el papel fácilmente, pero luego del accidente esta mañana, mi mundo se puso patas arriba.

Tampoco ayudó el escuchar que Lincoln había sido contratado como mi guardaespaldas personal. Él no dudó en acercarse a mí, cerrando la distancia entre nosotros.

¿Cuánto había oído de lo que habló el director?

Apreté el puente de mi nariz. Si él iba a darme un sermón acerca de que debo ser profesional o alguna otra mierda, no estaba de humor.

——¿Estás bien? ——Preguntó Lincoln con voz suave y calmada, pero aun así firme.

——No. ——Nada se sentía bien.

Mi mundo dio vueltas con descontrol; y si bien había sido imprudente y estúpida ayer al huir del set durante la filmación, hoy era un nuevo día. Había prometido tomar en serio el trabajo y respetar el tiempo del elenco y del equipo de filmación.

Eso no había resultado.

Lo cierto era que quería correr, pero no tenía un auto. Estaba a un lado de la carretera. Tal vez debí conducirlo hasta el set. Al menos aún tendría un vehículo en el cual desplazarme. Sin embargo, dudaba que fuera seguro conducirlo. La parte frontal estaba bastante destrozada.

Los miembros del equipo de filmación que quedaban empezaron a guardar todo, terminando por el día, de nuevo. Ya que el director se había marchado, significaba otro día sin filmar.

——¿Quieres que te lleve a algún lado? ——Preguntó Lincoln.

Otro guardia de seguridad se acercó a nosotros.

——¿Está todo bien? ——Preguntó.

Le di un vistazo a su placa: *Jaxson*.

——Tú eres el esposo de Ariella, ¿no es así?

Él lució perplejo por la pregunta.

——No soy su esposo, solo somos amigos... Colegas.

——Oh, mis disculpas.

Pensé que ellos estaban juntos cuando ella lo había llamado mientras íbamos en la camioneta de Mason y había mencionado que él no iba a estar en casa esta noche durante la noche de chicas.

Y me había equivocado.

——Entendí mal. ¿Puedes llevarme al *spa* donde se encuentran las chicas? Necesito un día solo para mí.

No quería que Lincoln me llevara a ningún lado y Melissa no había aceptado prestarme las llaves de su auto. No que la culpara, no me habría dado las llaves tampoco luego de haber destrozado mi auto rentado.

Jaxson miró a Lincoln antes de asentir con la cabeza.

——Si, por supuesto. Sígueme.

——Gracias. ——Dejé a Lincoln donde estaba y me apresuré hacia el aparcamiento con Jaxson.

No era que no confiara en Lincoln, lo hacía, pero lo que él había hecho me hacía hervir la sangre.

Él me había mentido. Él tuvo la oportunidad de confesármelo todo ayer cuando estábamos haciendo *rafting*, o incluso el día anterior a ese.

No, él mantuvo su secretito sucio para sí mismo en su lugar.

——¿Está todo bien? ——Preguntó Jaxson.

Él abrió su camioneta y yo me subí al lado del pasajero mientras él se puso detrás del volante.

——Estoy fantástica.

Él rio entre dientes.

——Dios, suenas como mi hija.

——¿Tienes una hija? ——¿Era Ariella la madre? Eso tenía sentido, podría ser el motivo por el que ellos viven juntos.

Él sonrió y se quedó callado, sin responder a mi pregunta. Él parecía protector con su hija. Eso no era algo malo.

Suspiré y miré hacia atrás al estudio mientras Jaxson nos sacaba del aparcamiento. No había rastro de Lincoln.

——Oye, ¿puedo preguntarte algo?

——Claro, adelante ——dijo Jaxson.

¿Había sido una coincidencia que Lincoln se hubiera encontrado conmigo en la cafetería aquella mañana?

——Si tuvieras que encontrar a alguien y rastrearlo, ¿cómo lo harías?

Jaxson apagó la radio y se movió incómodo en el asiento del conductor. Él me dio un vistazo, alzando una de sus cejas.

Ni siquiera respondió a mi pregunta.

——¿Hipotéticamente?

El silencio llenó la camioneta.

——Si te estás preguntando como Lincoln supo que estabas en el río, rastreamos la ubicación de tu teléfono.

Ni siquiera se me había ocurrido dejar mi teléfono.

No volvería a cometer el mismo error.

————

Me dirigí al *spa* e hice una reservación para un masaje. Tenía veinte minutos hasta mi cita.

Miré mi reloj y saqué mi teléfono de mi bolsillo y lo arrojé al bote de basura más cercano.

——Rastréame ahora ——murmuré para mis adentros.

Lincoln sabía dónde estaba, pero él no sabría cuando me marcharía o adónde iría después.

Dudaba que la producción de la película continuara. Sería despedida en la mañana ya que el director estaba enojado y amenazaba con contactar al estudio.

Me rehusaba a humillarme o a rogar por su perdón. Él era la razón por la cual el estudio me había asignado un guardaespaldas a la fuerza, al insistir que yo no era confiable. No necesitaba protección.

No era indefensa o una damisela en apuros, ¡maldita sea! Si bien había cometido errores y había hecho cosas que no debía hacer, en las raras ocasiones que eso había sucedido había sido drogada o forzada.

Los pecados del pasado me seguían cual sombra de la que es imposible escapar.

——¿Harper?

——¿Ariella? ——Hazel estaba junto a ella——. ¿Pensé que ambas tenían reservaciones en el *spa*?

¿Ya habían terminado?

——Nuestras reservaciones fueron pospuestas cuando llegamos tarde esta mañana. Fueron muy amables al cambiarlas para más tarde. ¿Qué estás haciendo aquí? ——Preguntó Ariella——. ¿Decidiste unirte a nosotras para un día de chicas?

Definitivamente necesitaba relajarme.

——Si, se podría decir.

——¿Quieres que intente hacer reservaciones para las tres? ——Preguntó Ariella.

——Claro. ——Necesitaba la compañía y una cara amigable——. Gracias.

Ariella se apresuró a ir a la recepción y explicó como nosotras tres éramos amigas y preguntó si había algo que se podría hacer para ponernos a las tres juntas.

———————

Cada centímetro de mi cuerpo dolía. Era culpa del accidente de auto, y si bien había sido completamente mi culpa, eso no hacía que doliera menos.

Noventa minutos de gloria con un tipo atractivo dándome un masaje de cuerpo completo había sido un regalo.

Tan enojada como había estado con Lincoln, lo peor de mi ira se había disipado y me sentía más relajada. Todas nos hicimos un tratamiento facial después de nuestros masajes de cuerpo completo y luego nos hicimos *manicures* y *pedicures*.

A pesar de que la mañana había sido un desastre, al menos la tarde se estaba poniendo definitivamente mejor.

Terminamos en el spa y Hazel llamó a Mason para que nos diera un aventón hasta la casa de Ariella.

Hazel guardó el teléfono en su bolsillo.

——Se tardará un poco. Él está con Jaxson recogiendo el almuerzo. Ellos sugirieron que recogiéramos algo para comer también.

——¿Hay algún sitio en el que podamos comer por aquí? ——Pregunté.

No conocía el pueblo.

——Síguenos. Conocemos a este pueblo de arriba abajo ——dijo Ariella.

Ellas me llevaron a la pequeña cafetería de al lado. El lugar parecía estar bastante lleno para ser mitad de semana. Esperamos unos minutos para que nos dieran nuestra mesa y luego fuimos acompañadas hasta ésta.

Las conversaciones alrededor formaban un estrépito y el ruido en el restaurante se elevaba con cada una de las voces.

Si bien era difícil oír a Ariella y Hazel, no fue particularmente difícil escuchar al hombre de la mesa contigua detrás de mí.

Parecía como si el restaurante hubiera añadido una mesa extra para acomodarnos, pero eso nos había dejado muy poco espacio.

——Te ofrezco el doble de lo que me pides ——dijo el hombre. Tenía un acento italiano e intenté no darle un vistazo sobre mi espalda. Sentía como si estuviera en su regazo.

——¿Y por qué harías eso, Enzo? ——Preguntó otra voz masculina.

¿Enzo? Reconocía ese nombre.

No.

No podía ser. Contuve el aliento y me rehusé a voltearme para ver si era verdad: Enzo Ricci.

Las chicas leían su menú.

Fingí estar interesada en el mío mientras escuchaba a la conversación detrás de mí. Era imposible no escuchar cualquier trato que estuvieran haciendo entre ellos.

¿Ariella y Hazel también podían oírlo?

Ellas no parecían interesadas.

Quizás estaban demasiado lejos. El restaurante era ruidoso y bastante caótico.

——Prefiero comprar a la competencia en lugar de usar otros métodos ——dijo Enzo.

Tragué el nudo en mi garganta; la voz ya no me parecía solo familiar, sino que estaba segura de que era Enzo Ricci, mi esposo.

CAPÍTULO VEINTICINCO

ARIELLA

Harper sostenía su menú, ajena al hecho de que estaba tratando de llamar su atención. El restaurante estaba completamente lleno, pero ella parecía distraída.

——No creo que ella te esté escuchando ——dijo Hazel.

Bajé mi menú esperando a que Harper me mirase...

Ella ni siquiera hizo el más mínimo movimiento.

Nuestra mesa había sido apretujada en la cafetería, lo que dejaba muy poco espacio para movernos y ni hablemos de la privacidad.

Si bien no podía distinguir que se hablaba alrededor, si noté a Jayden sentado en la mesa justo detrás de Harper. No lo había conocido de primera mano, pero sabía de él. Ya todo el mundo en Breckenridge sabía que él era uno de los pocos sobrevivientes de Los Marginados.

¿Cómo había sobrevivido a la masacre perpetrada por la mafia rusa cuando estos irrumpieron y mataron a todo el mundo?

No reconocí al hombre con el que estaba Jayden; no podía recordar haberlo visto antes en el pueblo.

El hombre misterioso vestía un traje caro y estaba bien arreglado, era obviamente adinerado. Él sobresalía, especialmente con Jayden usando sus *jeans* negros y una camiseta blanca que se apretaba en su pecho. Él era alto, pero no más alto que el hombre misterioso sentado frente a él.

——Harper ——dije de nuevo, tratando de quitar su atención del menú.

Ella bajó el menú y sus ojos se desorbitaron, llenos de inquietud.

——¿Qué sucede? ——Pregunté.

¿Había olvidado su monedero o algo así? Lucía atemorizada.

——Necesito... ——Harper se levantó y no terminó su frase. Agarró su bolso de la silla y salió rápidamente del restaurante.

——¿Tal vez debía usar el baño?

Supuse, dándole un vistazo a Hazel. Quizás ella podría descifrar lo que me había perdido. ¿A dónde más podría haber ido? Hazel tomó un sorbo de su agua.

——Ve y asegúrate que está bien. Yo esperaré aquí.

——Gracias. ——Me levanté y corrí tras Harper para saber qué había sucedido.

¿Qué me estaba perdiendo?

Quizás ella no se sentía bien. La seguí hasta el baño.

Harper se detuvo y se cierne sobre el lavamanos con sus manos a cada lado de la porcelana. Su cara había perdido todo color.

——¿Qué sucede? ——Pregunté.

——Oí su voz.

——¿La voz de quién? ——Pregunté, acercándome un poco más. Puse una mano sobre su espalda. Su cuerpo temblaba.

——Enzo, mi esposo.

¡Mierda! ¿Desde cuando ella estaba casada? Pasé una mano por mi cabello, sorprendida por la noticia.

——¿Estás casada? ——Mi voz salió en forma de chillido, traicionándome. Lincoln estaría aún más sorprendido que yo y no estaría feliz por ello.

Nunca había escuchado que ella se hubiera casado con alguien, pero yo no leía los tabloides o chequeaba las columnas de chismes en los periódicos del entretenimiento. Había escuchado de Harper Madison antes de su llegada a Breckenridge.

——Lo conocí en Las Vegas durante la filmación de una película. Él era romántico, encantador y yo estaba bastante ebria. El resto está borroso, a excepción de que la mañana siguiente me desperté con este enorme anillo de diamantes en mi dedo ——dijo Harper.

——¿Qué hiciste?

——Hui. Hace unos cuantos meses atrás, vi un segmento en la televisión acerca de la mafia y el crimen organizado en Los Estados Unidos. Enzo aparecía ahí junto a sus amigos, los mismos hombres que me habían emborrachado esa noche.

——Mierda ——maldecí entre dientes. La puerta del baño se balanceó hasta abrirse y yo me congelé, preocupada de que podría ser Enzo entrando para unírsenos.

No era él. Era una de las camareras. Ella se dirigió hacia una de las casetas del baño.

Suspiré aliviada, esperé hasta que la puerta principal se cerrara para hablar.

——Saldremos de esta. Mason ya está en camino. Él no dejará que nada te suceda. ¿Enzo te vio? ——No podía ser una coincidencia que él se había presentado en Breckenridge.

Harper frotó su frente y echó agua helada en su cara.

——No, no lo creo.

——Eso es bueno ——dije——. Puedo volver a la mesa, pedir la cuenta y hacer que Hazel nos encuentre afuera.

La camarera salió de la caseta.

——¿Están todas bien? ——Preguntó ella——. ¿Necesitan mi ayuda?

——Creo que estamos bien ——dijo Harper, ofreciéndole una sonrisa débil.

Le envié un mensaje a Hazel para que se encontrara con nosotras afuera y que luego recogeríamos algo para comer y luego le envié uno a Mason para que se apresurara porque teníamos un problema.

Con suerte, él llegaría antes de que Enzo nos viera, con suerte de verdad.

Salí del baño yo primero para asegurarme que no había nadie afuera esperando para llevarse a Hazel.

No tenía idea si Enzo era violento o no.

¿Había venido a Breckenridge para reclamar a su esposa y llevársela con él?

——Vamos. ——La llevé a través del pasillo y di una vuelta rápida hacia la derecha, saliendo del restaurante. Di un vistazo hacia la mesa, pero era muy difícil ver si Hazel ya había salido o si Enzo seguía sentado junto a Jayden.

¿Qué tenían Jayden y Enzo en común? ¿Por qué almorzaban juntos?

Nos apresuramos a salir a través de la puerta principal y nos detuvimos afuera, encontrándonos con Hazel.

——¿Qué sucede? ——Preguntó Hazel——. ¿Estás bien? ——Su atención estaba completamente en Harper.

Harper se abrazó a sí misma.

——Solo me encontré a alguien que no debería estar aquí.

Ella no dijo nada más.

¿Le preocupaba que, al contarle a Hazel, Lincoln lo sabría eventualmente? No podía guardarlo como un secreto. Era algo demasiado grande y Harper estaba en peligro.

¿No era así?

Mason estacionó la camioneta al frente y abrió las puertas.

——¿Están bien?

——Ahora si ——dijo Harper. Ella abrió la puerta y se metió en el asiento trasero. Yo me metí después de ella.

¿En serio no íbamos a hablar de Enzo y del hecho que ella se había casado con él? Si había sido un momento del que luego se arrepintió y no recordaba, había maneras de arreglarlo.

El divorcio fue la primera opción que pasó por mi mente.

¿De qué tenía miedo?

CAPÍTULO VEINTISÉIS

HARPER

Mason nos llevó hasta la casa de Ariella sobre la montaña.

Cada cierto tiempo daba un vistazo hacia atrás para asegurarme que Enzo no nos estaba siguiendo.

¿Me estaría esperando afuera de mi habitación de hotel esta noche cuando llegara? ¿Por cuánto tiempo más podría evadirlo?

——¿Alguien me va a decir por qué tuve que apresurarme? ——Preguntó Mason.

——No lo sé ——dijo Hazel. Ella miraba a través de

la ventana——. Tal vez Ariella o Harper puedan decírtelo.

——Muchas gracias por eso ——resopló Ariella entre dientes——. Vimos a alguien con el que no queríamos conversar y pensamos que sería una buena idea irnos.

Hazel se movió en el asiento delantero para vernos.

——¿Incluso antes de pedir el almuerzo? Me están ocultando algo y no me gusta.

Mason nos dio un vistazo a través del espejo retrovisor. Su mirada se dirigió hacia mí. Si se lo contaba, ¿no se lo contaría a sus amigos y la noticia eventualmente llegaría a Lincoln?

No, gracias.

——Tendrás que decírselo ——dijo Ariella. Ella me dio un empujoncito con el codo——. Puedes confiar en Mason.

——¿En serio? ¿Así él va y se lo cuenta a Lincoln? ——Suspiré pesadamente y me crucé de brazos——. Eso es lo último que necesito ahora mismo, más drama.

Ahora mismo no le estaba hablando a Lincoln. Apenas había superado el hecho de que él trabajaba en el equipo de seguridad del set y hoy descubrí que él había sido mi guardaespaldas.

El decir que estaba enojada con él era quedarse corto. Ni siquiera podía mirarlo sin que me hirviera la sangre. ¿Cada noche que pasamos juntos, bajo las estrellas o cuando nos acostamos en mi tráiler, había sido todo a causa de su trabajo?

La voz de Ariella era suave y calmada al hablar.

——Enzo está aquí por una razón.

Sabía eso. Era la razón por la cual mi estómago estaba hecho un nudo y no quería más que irme a casa.

Había botado mi teléfono a la basura; y no tenía idea si el estudio me había contactado para despedirme.

Quizá podría desaparecer por un tiempo, esconderme en la casa de Ariella por unos días y dejar que la tormenta que se estaba formando pasara.

Mason aclaró su garganta.

——¿Enzo tiene un apellido?

Él ni siquiera pretendió no estar escuchando nuestra conversación.

——No.

Mi mandíbula permanecía firme, rehusándome a hablar. Si lo hacía, entonces él descubriría la verdad, que estaba casada con Enzo.

Mason estacionó el vehículo al frente de la casa y apagó el motor. Él salió de la camioneta con nosotros, caminando hasta la puerta principal.

¿Solo se aseguraba que entráramos o planeaba quedarse?

Pasamos al porche y Ariella sacó sus llaves.

Ella abrió la puerta y nos dejó entrar mientras desactivaba la alarma.

——Es noche de chicas, lo que significa que debes irte ——dijo Ariella, empujando a Mason hacia la puerta.

Él retrocedió varios pasos, pero permaneció en el porche.

——Activa la alarma y no le abras la puerta a nadie ——dijo Mason.

——Relájate. Jaxson llegará a casa tarde esta noche. Prometo que nada le sucederá a tu novia —— bromeó Ariella.

——¡Adiós! ——Hazel le sopló un beso y lo despidió con la mano, riéndose——. ¡Cierra la puerta!

Ariella cerró la puerta de un golpe y activó la alarma.

Me quedé junto a la ventana, observando como Mason se marchaba en su camioneta.

——¿Realmente se está yendo? ——Pregunté.

——Más le vale ——dijo Hazel, encendiendo las luces y poniéndose cómoda——. ¿Dónde está el vino?

————

——¿Cómo está Bear? ——Preguntó Ariella.

——Está super linda y adorable ——dijo Hazel——. Ella es la perrita que adoptamos cuando el tío de Mason falleció. Ella honestamente es la más linda. No puedo creer que a ella no le guste la gente. Juro que todo lo que hace es lamerme o hacerme arrumacos.

——Suena como Mason ——se rio Ariella, tomando otro sorbo de vino.

——Oh, ¡ya basta! ——Los ojos de Hazel se estrecharon mientras le daba una mirada de muerte a Ariella.

——¿Qué hay de ti? ——Ariella cambió su atención hacia mí.

——No tengo mascotas ——dije, respondiendo un poco demasiado rápido, esperando que la conversación tratara más acerca de animales que de novios.

Hazel echó su cabeza hacia atrás, terminando su copa de vino tinto.

Ella tomó la botella y volvió a llenar su copa.

——¿Alguien más quiere?

——Estoy bien.

No necesitaba de un dolor de cabeza después o tener resaca. Todavía me sentía agitada luego de ver a Enzo en el restaurante.

——Llena mi copa ——dijo Ariella, moviendo su copa enfrente de la botella de vino.

——Tienes que mantener la copa quieta o sino haré un desastre ——dijo Hazel——. No puedo verter el vino en una copa que se mueve como loca.

——Es por mi temblor.

——No, es que estás ebria ——dijo Hazel con un resoplido——. Buen intento.

——Oye, camino más derecha cuando estoy ebria. ——Replicó Ariella.

Hazel negó con la cabeza y rodó los ojos.

——¿Te das cuenta con lo que tengo que lidiar? —— Ella regresó su atención a Ariella——. No, no caminas más derecha cuando estás ebria. Tú solo no te das cuenta que te estás cayendo. Es bastante gracioso.

Le di un sorbo a mi bebida, absorbiendo la cháchara entre ellas.

——¿Desde hace cuanto tiempo que ustedes dos se conocen? ——Pregunté.

Parecían ser amigas desde siempre.

——No hace mucho ——respondió Hazel——. Nos

volvimos amigas gracias al trabajo. ——Ella alzó la copa hacia sus labios.

¿Estaba evadiendo la pregunta? No estaba muy segura.

——¡Deberíamos cubrir la casa del vecino con papel higiénico! ——Chilló Ariella. Sus ojos estaban desorbitados y llenos de emoción.

Eso sonaba como una terrible idea.

——Se supone que no debemos salir de la casa —— dije.

¿Por qué me tocaba ser a mí la responsable?

——Está oscuro. ¿Qué puede suceder en la oscuridad? ——Ariella estalló en risitas. Ella terminó su copa de vino. Solo había contado dos.

Ella no debía de tomar alcohol muy seguido o era un total peso ligero.

——Solo asesinatos y secuestros ——dijo Hazel seriamente antes de estallar en risas. Ella terminó su segunda copa y se sirvió una tercera——. Dios, necesito tener sexo.

——¿Qué? ——Ariella dio la vuelta sobre sus tacones ——. ¿Quieres decir que tú y Mason no han hecho nada de nada?

Hazel se tambaleó hasta la puerta principal y empujó las cortinas a un lado para dar un vistazo afuera.

——He querido hacerlo. No saben lo difícil que es jugar a la enfermera y no ser capaz de hacer cosas eróticas con Mason, pero él tenía que sanar y el doctor dejó en claro que no podíamos tener sexo. Lástima que yo solo era una enfermera y no podía pasar a través de las órdenes del doctor.

——Chica, ¿qué estás haciendo aquí con nosotras esta noche? ——Pregunté——. Es evidente que él te desea. Veo que tú lo deseas. Ve con él o ya que no tienes un auto, llámalo.

——Si, llámalo y ten sexo telefónico con él ——dijo Ariella entre risitas y aplaudiendo.

——¡Oh por Dios! Ustedes dos son unas alborotadoras ——murmuró Hazel y cubrió su rostro con las manos.

Mi estómago gruñó.

——Tengo hambre. Deberíamos pedir una pizza. Dame tu teléfono. ——Mi bolso estaba a mis pies, pero ya había tirado mi teléfono. La decisión había sido espontánea y ahora me arrepentía.

Hazel dejó caer su mano en su regazo.

——¿Por qué? Solo llamarás a Mason y me avergonzarás.

——No lo haré, lo juro. ——Le di un saludo militar.

——Creo que se supone que deben entrelazar sus dedos meñiques ——dijo Ariella——. O simplemente pueden usar mi teléfono. ——Ella sacó su teléfono de su bolsillo——. Aquí tienes.

Ariella desbloqueó su teléfono y me lo entregó.

——¿Tienen alguna recomendación sobre donde debería llamar? ——Pregunté.

No conocía ninguna pizzería local.

Luego de escoger el restaurante y la pizza que queríamos, hice la llamada y ofrecí mi tarjeta de crédito para pagar. Le devolví el teléfono a Ariella para que diera nuestra dirección. No pasaron ni veinte minutos cuando alguien llamó a la puerta con un golpe firme.

——¡Eso fue rápido! ——Me levanté y me apresuré a abrir la puerta.

Ariella desactivó la alarma mientras yo abría la puerta sin mirar a través de la ventana o a través de la mirilla que era demasiado alta para mí.

Un hombre alto y corpulento con los mismos ojos y cabello de Enzo se cernía sobre mí. Se sintió como si el tiempo se hubiera detenido. Una chispa de reconocimiento recorrió mi mirada.

Traté de cerrar la puerta, pero él metió su pie y la abrió a la fuerza, lo que me obligó a retroceder un paso. Él me dio una muestra del arma que llevaba consigo.

——No toques la alarma ——dijo el extraño con un fuerte acento italiano——. Retrocede lentamente... Ve y siéntate en el sofá con la otra chica.

Ariella no se dio vuelta. Ella se movió lentamente hacia el sofá, pero nunca le dio la espalda a él.

¿Cómo me había encontrado?

——¿Enzo te envió? ——Pregunté.

¿Por cuál otra razón iba a estar aquí?

——Tú te vienes conmigo ——dijo él con una risa siniestra.

Él me quería a mí. No necesitaba poner sus vidas en riesgo.

Él inclinó la cabeza hacia un lado, mirándome con sus ojos de acero.

——¿No es horrible el que hayas huido de tu esposo? Enzo puede cuidar de ti, protegerte.

——No soy su esposa ——me reí de su definición de lo que era un matrimonio——. Estábamos en Las Vegas y yo estaba ebria, gracias a ti y a tus amigos.

¿Me habían drogado también? La noche estaba completamente borrosa.

Ariella se interpuso entre el matón y yo.

——Ella no se va contigo. ——Ella se mantuvo firme ——. Necesitas irte.

Él abofeteó a Ariella con el dorso de la mano.

——Nadie me habla de esa manera ——gruñó él. Su labio superior tembló y el matón se inclinó y tomó a Ariella por su camisa. Él la acercó y la sostuvo apretadamente——. Apuesto a que una chica tan bonita como tú se vendería rápido.

Ariella le dio un puñetazo en la mandíbula.

Sus ojos parpadearon y fue la única evidencia de su ataque hacia él.

——¿Es así como tratas a tus invitados? —— Preguntó.

Él soltó su agarre, liberando a Ariella. Él la empujó hacia atrás, forzándola a sentarse en el sofá como inicialmente le había ordenado que hiciera.

——Tú no eres un invitado ——escupió Ariella.

Él sacó su arma de su funda y apuntó a Ariella en la frente.

——¿Estás seguro de ello?

No podía dejar que nada les sucediera a mis nuevas amigas.

——Por favor, me iré contigo, solo no las lastimes.

Él me jaló por el cabello y me arrastró hacia afuera. No me defendí. ¿Cómo podría hacerlo sin arriesgar las vidas de mis amigas?

Él sacó un par de esposas de metal.

——¡Pon las manos detrás de tu espalda! ——Gritó él.

Hice lo que me ordenó y él ajustó apretadamente las esposas. Éstas se clavaron en mi piel, perforándola.

Él abrió la puerta trasera y me hizo un gesto para que me metiera dentro del auto. Me apresuré a entrar y él cubrió mi cabeza con una bolsa negra, haciendo imposible ver hacia donde me llevaría. Él cerró la puerta de un golpe.

Se escuchó como se cerraba otra puerta. En cuestión de segundos, el auto cobró vida. Él pisó el acelerador, conduciéndonos rápidamente lejos de la casa.

¿A dónde me llevaba? ¿Volvería a ver a mis amigas? ¿Qué hay de mi hogar? No tenía nada conmigo. Mi bolso yacía abandonado en el piso de la casa de Ariella y había tirado mi teléfono a la basura unas horas antes.

Necesitaba ayuda y no tenía la más mínima idea de lo que él quería.

——¿Por qué haces esto? ——Pregunté tentativamente y con miedo.

——¡Cállate!

CAPÍTULO VEINTISIETE

LINCOLN

——¿Qué quieres decir con que se la llevaron? ¿Quién demonios se la llevó?

Me paseaba de un lado a otro en la casa de Jaxson, que era agradable, pero que ahora mismo se sentía pequeña y sofocante.

La policía estaba en la escena, tomando las declaraciones de Ariella y Hazel.

Jaxson me había llamado al momento que supo lo que había sucedido cuando Ariella lo llamó entre lágrimas.

Ella sollozaba y hablaba acerca de un intruso y otro hombre llamado "Enzo", pero fue difícil entender el resto de lo que decía hasta que se calmó.

——No sé su nombre, pero trabaja para el esposo de ella ——dijo Hazel en un tono demasiado calmado.

Mi cara de póker no me hacía justicia.

——¿Está casada?

¿Por qué Harper no me había dicho que estaba casada con otro hombre?

——Está claro que el tipo es un auténtico campeón ——murmuré entre dientes.

——Ahora no ——dijo Jaxson. Me dio una mirada de "cálmate o vete". Pero yo no me iba a ir; necesitaba saber cada pequeño detalle, lo que sea que se necesitara para encontrarla con vida.

Ariella respiró lenta y pausadamente.

——Ella no parecía saber el nombre del hombre, pero ellos seguían hablando de Enzo, su esposo. Era evidente que ella reconoció al hombre que se la llevó. Harper me explicó que se había casado bajo falsas pretensiones. Ella estaba en Las Vegas, ebria, y por cómo se escuchaba todo, quizás ellos también la drogaron. Estaba aterrorizada de él, Lincoln.

Mis manos se convirtieron en puños a mis costados.

——Bastardos ——murmuré. Mataría a quien sea que se atreviera a tocar un solo cabello de Harper.

Tal vez ella no era mía, pero quería protegerla.

No, *necesitaba* protegerla. Ella necesitaba a alguien que cuidara de ella. Ella probablemente nunca había tenido eso en toda su vida.

——Hay algo más que necesitas saber ——dijo Ariella. Ella jugueteaba con sus manos——. Enzo estaba en el restaurante esta tarde. Es por eso que Harper entró en pánico, pero él no estaba solo.

——¿Quién estaba con él? ——Preguntó Jaxson antes de que pudiera decir algo——. ¿El hombre que vino y se la llevó?

——No, era Jayden Scott ——dijo Ariella.

El mundo dio vueltas. Mi mandíbula se apretó y dejé de pasearme.

——Lo mataré.

Jaxson se volteó hacia mí, cruzando los brazos.

——Ve y toma un paseo.

Abrí mi boca para responder, pero él señaló hacia la puerta. Sabía que él tenía razón y trataba de protegerme. No podía hacer amenazas como esa enfrente del sheriff. ¿Qué pasaría si el bastardo apareciera muerto?

¡Bien!

Salí furioso de la casa y azoté la puerta detrás de mí. El suelo crujía bajo mis pies mientras daba pisotones sobre el camino de grava hacia mi camioneta. El aire de la noche era frío, pero no helado.

¿Por qué uno de los matones de Enzo se había presentado para llevársela? ¿Por qué Jayden había almorzado con Enzo? Me metí en mi camioneta y la encendí.

La puerta principal de la casa se abrió y Jaxson salió hacia el porche.

——¿A dónde vas? ——Gritó él.

No le respondí. Él me conocía lo suficientemente bien como para saber hacia dónde iba. Necesitaba hablar con Jayden

Salí de la montaña a la velocidad de la luz y me dirigí hacia el nuevo lugar de empleo de Jayden. Él estaría trabajando en este momento si tenía suerte, si no, entonces no sabía dónde lo encontraría. Su casa se había venido abajo junto con Los Marginados durante el ataque que ocurrió hace unas seis semanas. Las tierras habían sido abandonadas y no había escuchado de alguien viviendo ahí de nuevo. Él estaba por ahí, metiéndose en quien sabe que problemas.

La carretera estaba seca, lo que creaba bastante fricción con los neumáticos mientras me apresuraba a llegar al bar. Frené, apagué la camioneta y salí de esta, corriendo al interior.

Mis pies hacían un ruido sordo contra el suelo, listo para una pelea. Jayden no me había prestado la más mínima atención cuando entré.

——Solo digo que sé cómo mover la mercancía —— dijo Ben, sentado en el bar, tomando una cerveza y hablando con Jayden.

Reconocería al cabrón en dónde sea.

¿Qué diablos hacía Ben en Breckenridge todavía? ¿Las autoridades seguían buscándolo? Aunque en este momento todos estaban ocupados en la casa de Jaxson lidiando con la desaparición de Harper. ¿Él sabía eso?

——Benjamin Ryan ——dije en un gruñido mientras iba directamente hacia los dos hombres más buscados en Breckenridge y no por su encanto o carisma.

Ben sacó un fajo de billetes y lo puso sobre el mostrador. Él me miró una vez con los ojos desorbitados y salió corriendo por la puerta trasera.

¡Maldición! ¿Lo seguía o lidiaba con Jayden?

No podía estar en dos lugares a la vez y el resto del equipo estaba ocupado.

Tomé mi teléfono y le mandé un mensaje a Jaxson para avisarle.

Si él quería venir y colgar a Ben por las bolas, entonces, por supuesto que quería que tuviera la oportunidad de hacerlo.

Suspiré. Mi decisión ya estaba tomada. Tal vez debí haber ido tras Ben dado que él seguía siendo una amenaza para Ariella, pero necesitaba encontrar a

Harper. Ella era la que estaba en peligro ahora mismo.

——Necesitamos hablar. ——Mis pasos retumbaron cuando caminé detrás de la barra, metiéndome en el espacio personal de Jayden.

Él no era más pequeño que yo, ni tampoco estaba intimidado, pero él sabía que le patearía el trasero. Habíamos servido juntos como compañeros fuera del país.

Nos habíamos distanciado en los últimos años. Él había estado involucrado en alguna mierda sucia con Los Marginados que no había terminado bien para él.

——No tengo nada que hablar ——dijo Jayden socarronamente.

Quizás ya era momento de que se enderezara.

——¿Estás seguro de ello? ——Lo miré——. Te vieron almorzando con un hombre llamado Enzo.

Jayden se encogió de hombros, sin negar la verdad.

——Así que lo estaba, ¿desde cuándo es un crimen almorzar?

——¿Te uniste junto a Enzo y sus matones en un plan para secuestrar a Harper Madison? ——Agarré a Jayden por las solapas de su camisa, exigiendo una respuesta.

——¿Qué? No. No sé nada de eso ——dijo Jayden, saliéndose de mi agarre.

Lo dejé ir porque le creía.

——¿Sabías que Harper está supuestamente casada con Enzo?

Él retrocedió, poniendo distancia entre nosotros.

——¿Se supone que eso debe significar algo para mí? No me importa con quien se casa o lo que hace con las mujeres que desea ——dijo Jayden.

——Debería importante porque ella fue secuestrada y forzada a hacer Dios sabe qué contra su voluntad.

Jayden tomó un trapo de la barra y empezó a pulir la superficie de madera.

——Tal vez no fue en contra de su voluntad. Quizás a ella le gustaba, o quizás, mejor aún, ella quería irse con él.

Me abalancé hacia adelante y lo golpeé con mi puño.

——¡Bastardo! ——Lo agarré por la parte trasera de su cabeza y estrellé su cara contra el borde de la barra.

——¡Está bien! ¡Está bien! ——Gritó Jayden con la nariz sangrante.

Lo solté. No tenía la intención de matarlo, solo de forzarlo a que me dijera la verdad. Él me debía mucho luego de lo que hice por él cuando servimos juntos.

——No sé donde está o quién se la llevó ——dijo Jayden.

Levanté mi puño y lo mantuve así para indicarle que él debía seguir hablando.

——Enzo compró un terreno por aquí, bajo el nombre de una empresa falsa. Él está expandiendo sus empresas y planea terminar lo que Los Marginados empezaron un tiempo atrás.

——¿Y qué es eso exactamente?

La mandíbula de Jayden se apretó. Una chispa de algo le recorrió el rostro.

¿Era miedo...?

——No me corresponde a mí decirlo, pero él podría llevar a tu chica ahí. Es bastante remoto y hace lucir al lugar de Los Marginados como un paraíso.

¡Maldición!

——¿Tienes la dirección?

——No puedo decir que la tenga, pero estoy seguro que con tu experiencia en *Eagle Tactical* y tus conexiones, puedes averiguarlo.

——¿Enzo tiene un apellido? ——Pregunté.

——Ricci. Su nombre es Enzo Ricci, pero no lo oíste de mí.

CAPÍTULO VEINTIOCHO

HARPER

Se me hacía difícil respirar.

Mi corazón latía como martillo dentro de mi pecho y estaba sentada en la parte trasera con mis manos atadas detrás de mi espalda. No podía liberarme del metal que se clavaba en mi piel.

Negociar con mi captor tampoco ayudaría; y es que ni siquiera sabía su nombre.

Traté de obligar a mi memoria para que recordara esa noche en Las Vegas. Definitivamente lo había visto antes, pero todo era un borrón intenso.

¿Por qué Enzo me quería? ¿Era porque era su esposa? Un estúpido pedazo de papel y unas palabras dichas nos había unido, pero eso se podía anular, ¿cierto?

Eso si él no tenía otros planes en mente para mí.

¿Por qué Enzo estaba en Breckenridge? ¿Por qué no me había buscado en Los Ángeles o en otro lugar? ¿Era porque teníamos menos seguridad cuando filmábamos en exteriores que en el set de filmación?

Nada de eso tenía sentido...

Él abrió las ventanas del auto; la brisa era fuerte mientras me envolvía y la capucha oscura que me cubría hacía imposible ver o sentir algo contra mi cara. El auto dio un salto cuando nos encontramos con un bache en la carretera. No tenía puesto el cinturón de seguridad, lo que me hizo sacudirme de un lado a otro en el asiento trasero.

El conductor pisó el freno, lo que no facilitó las cosas al golpear mi rostro contra el cabezal antes de caer de vuelta sobre mi trasero.

——Quédate aquí ——gruñó él. Él apagó el auto y la puerta chirrió cuando la abrió y luego la cerró.

Silencio.

Reconocí la voz de Enzo del restaurante.

——¿Dónde diablos has estado? ——Exigió Enzo.

Podía escuchar su voz por la ventana abierta.

——Te traje un regalo que está en el asiento trasero ——dijo él——. ¿Quieres darle un vistazo?

——No me gustan las sorpresas, Zan.

La risa ronca de Zan envió un escalofrío por mi columna.

——No la llamaría una sorpresa, jefe. Ella es tu esposa.

——¡Maldición!

Tragué el nudo en mi garganta. Mi boca se secó.

——Tú realmente sabes cómo arruinar una misión ——dijo Enzo——. Me decepcionas, Zan. ¿Sabes lo que espero de los hombres que me decepcionan?

Zan aclaró su garganta.

——Jefe, solo quería demostrarle mi apreciación. Por favor, no haga esto.

¿Estaba rogando?

——Podrías arruinar todo por lo que me he esforzado en lograr al traerla aquí. No puedo dejar los cabos sueltos. ——La voz de Enzo se hizo más fuerte e insistente, llena no solo de decepción, pero también de ira. Su voz se hacía más fuerte.

——Por favor ——rogó Zan——. Prometo que me desharé de ella. Nadie tiene que saber que fui yo.

——¡Idiota! Ella es mi esposa. El primer lugar donde la buscarán es aquí. ¡Me buscarán a mí! ——Su voz resonó a través del auto.

Temblé y me hice un ovillo pequeño y apretado, tratando de ser invisible.

——Has deshonrado a la familia.

——Por favor, Enzo. Te lo ruego, tengo una esposa y dos hijas ——dijo Zan con voz temblorosa.

——Entonces haz lo honorable o me aseguraré de que ellas sufran contigo.

¿Qué era lo honorable? ¿Qué era lo que Enzo quería que Zan hiciera? ¿Era esa una amenaza?

——Perdóname, Enzo ——dijo Zan.

¡Bang!

Un estremecimiento me recorrió de los pies a la cabeza.

Traté de mezclarme con el asiento, haciéndome un ovillo y agachándome en el asiento para esconderme.

Se hizo más difícil respirar bajo la capucha oscura que cubría mi cara. Cada respiración que exhalaba de mis pulmones requería que tomara dos bocanadas de aire para reemplazarla.

Empecé a hiperventilar...

Se escucharon los pasos pesados de un par de botas sobre el pavimento. Éstas se hicieron más cercanas; las bisagras de la puerta emitieron un chillido cuando la abrieron.

Me quedé hecha un ovillo sobre el suelo y mi cabeza permanecía baja con la funda negra y gruesa aún puesta sobre mi cabeza.

Él quitó la tela de mi rostro. No les tomó mucho tiempo a mis ojos acostumbrarse. Afuera estaba oscuro. Tropecé hacia atrás, moviéndome hacia el otro extremo del auto, lejos de él.

——*Tesoro*, necesitas venir conmigo ——dijo Enzo.

Negué con la cabeza. Mi nombre no era *Tesoro*. Ni siquiera sabía lo que esa palabra significaba. Sonaba a italiano y no sabía ni una palabra del idioma.

Enzo extendió su mano hacia mí.

¿Cómo podía tomarla, incluso si hubiera querido? Mis manos estaban esposadas detrás de mi espalda. Él me tomó del brazo y me arrastró fuera del auto.

——Date la vuelta ——ordenó——. De cara al auto. ——Hice lo que me pidió.

¿Cuán lejos podría correr? Era difícil poder ver algo en la oscuridad de la noche. La luna no estaba a la vista al estar cubierta por las gruesas nubes. No había casas cercanas o pórticos con las luces encendidas, excepto por una sola luz a unos metros de distancia.

Estábamos de verdad en medio de la nada.

¿Por cuánto tiempo habíamos conducido? No había sido tan lejos. ¿Aún seguíamos en Breckenridge?

——¿Mataste a Zan? ——Pregunté.

Había conocido su nombre cuando los dos hombres discutían sobre mí.

Sus manos eran ásperas y sus dedos eran gruesos y cálidos. Él quitó mis esposas. ¿Era libre de irme?

Enzo me dio vuelta, dejándome atrapada entre él y el auto.

——Eso no te incumbe ——dijo Enzo. Sus ojos eran oscuros——. Ven conmigo. ——Me jaló del brazo para que lo siguiera.

Quería correr.

¿A dónde iría? Si no tenía teléfono, ni sabía dónde estaba o cómo escaparme. ¿Qué tan lejos estaba la próxima propiedad? La oscuridad se extendía hasta donde alcanzaba a ver.

Nos alejamos del auto y nos dirigimos hacia la casa.

Zan yacía en un pozo de su propia sangre.

El metal del arma en su mano relucía bajo las estrellas. ¿Se había disparado a sí mismo o Enzo lo hizo parecer así a propósito?

——Sigue caminando. ——El agarre que Enzo mantenía en mi brazo seguía siendo fuerte mientras me llevaba hacia las escaleras del porche y me hacía entrar a su hogar extravagante.

——¿Qué quieres conmigo? ——Pregunté.

Por lo que había escuchado, Enzo no estaba detrás de mi secuestro, entonces ¿por qué mantenerme cautiva? ¿Qué pretendía hacer conmigo ahora que estaba en su propiedad y había sido traída por sus hombres?

——Relájate, *Tesoro*. Te traeré una taza de té y te pondrás en marcha. ——Enzo me acompañó hasta su casa y cerró la puerta detrás de nosotros.

Temblé mientras avanzaba, mis piernas no querían cooperar. Diablos, yo no quería cooperar.

——Déjame ir. Por favor, no le diré a nadie que tu estuviste involucrado.

¿Era eso lo que lo preocupaba?

Los pisos estaban hechos de mármol con un arremolinado blanco y gris. Mis pies desnudos se sentían helados contra el material resbaladizo mientras él me arrastraba hacia lo que suponía era su oficina. Había una silla alta en el rincón y su escritorio era el elemento central.

——Toma asiento ——dijo él, empujándome en el asiento de terciopelo azul oscuro.

Colapsé en el asiento, agradecida de que ya no me agarraba por el brazo. Su oficina no tenía ventanas. La única manera de escapar era a través de la puerta. La oficina era oscura y no estaba decorada a excepción del empapelado en la pared que relucía gracias a la lámpara de escritorio que permanecía encendida.

——Quédate sentada.

——No soy un perro ——dije.

——Ya regreso. Solo quédate sentada. ——Enzo retrocedió varios pasos antes de deslizarse a través de la puerta.

Salté de la silla y me apresuré hacia la puerta. Él me había encerrado dentro. ¿Por qué me había sentado y hecho lo que me había ordenado?

¿Por qué lo había seguido dentro de su casa? Debí correr cuando tuve la oportunidad.

Ya que no encontraba una manera evidente de escapar, corrí hacia su escritorio. La caoba estaba en una condición inmaculada y la madera era limpia y se conservaba bien. No había documentos dejados al azar. Intenté revisar los cajones. Cada uno había sido cerrado con llave.

La puerta se abrió y Enzo entró, llevando una bandeja de plata con dos tazas de té sobre ella y me miró fijamente.

——¿Pensé que te había dicho que te sentaras y esperaras por mí?

——No tomo ordenes de ti ni de nadie más.

Enzo se acercó a mí.

Retrocedí un paso, alejándome de su escritorio y queriendo mantener mi distancia.

¿Qué quería conmigo?

——Ya contacté a las autoridades.

——¿Qué? ¿Lo hiciste?

No le creía.

¿Por qué lo haría? Había un cadáver en su patio delantero. ¿Me iba a culpar por la muerte de ese hombre?

——Ellos llegarán pronto para hacerte preguntas. Creo que sería lo mejor para ti que te sientes y tomes algo mientras esperamos. Podríamos charlar y tener la oportunidad de conocer un poco más el uno del otro ——dijo Enzo.

No confiaba en él, pero él tampoco tenía un arma o me estaba amenazando. Eso al menos era una buena señal.

——¿Llamaste a la policía? ——Pregunté——. ¿Por qué harías eso?

——Así ellos pueden ver que soy inocente. No fui parte de tu secuestro. No soy un monstruo.

Él me ofreció el té, colocando la bandeja sobre el escritorio.

——Pero tú mataste a ese hombre en tu patio delantero.

Enzo miró a su reloj y apretó la mandíbula. Levantó su taza, la porcelana era pequeña y delicada y lucía casi cómica entre sus manos ásperas y grandes.

——No sé tú, pero necesito de una manzanilla para calmarme. ——Levantó la taza de té a sus labios y tomó un sorbo.

——¿Manzanilla? ——Ese era mi té favorito, especialmente cuando mi nervios se alteraban. Me acerqué al escritorio, la madera gruesa mantenía la distancia entre nosotros, lo cual me hacía sentir a salvo.

Levanté el delicado material hacia mis labios y tomé un sorbo.

——Si, es mi favorito. No bebo té tan seguido, pero cuando lo hago, siempre prefiero tomar una taza de té de manzanilla ——dijo él.

¿Quizá él no era del todo malo? Sonreí tristemente y tomé otro sorbo de la taza.

——Si, también es mi favorito.

——Lo siento, Harper ——dijo Enzo, utilizando mi nombre. ¿Había creído que me llamaba *Tesoro* o solo me había asignado un apodo?

Suspiré y bebí mi té, el líquido estaba caliente, pero no quemó mi boca. Tragué la bebida oscura y mi cuerpo se empezó a relajar. Ya me sentía mejor y más calmada.

La porcelana china se deslizó de mis manos y se

estrelló contra el piso a mis pies. Abrí la boca para disculparme, pero no pude emitir ningún sonido.

Mis piernas se debilitaron, mis brazos no cooperaban y Enzo me atrapó antes de que pudiera caer al piso luego de que mi cuerpo empezó a colapsar.

——Duerme, *Tesoro*. ——Él me besó en la frente.

Grité y chillé internamente. Rogaba que me dejara ir. Estaba paralizada y él me sostuvo en sus brazos antes de que mi visión se oscureciera.

CAPÍTULO VEINTINUEVE

LINCOLN

——Habla Lincoln ——contesté el teléfono.

Al ver que era Jaxson, respondí a la llamada afuera del bar. No necesitaba que Jayden escuchara lo que no debía y llamara a Enzo. No confiaba en Jayden.

——El sheriff Nelson me acaba de llamar. Le avisaron que Harper Madison está en la residencia de Enzo Ricci.

Contuve el aliento.

——¿Tienes la dirección?

——Si. ——Él me pasó la dirección y yo me metí en mi camioneta y conduje a toda velocidad a través del pueblo hacia la propiedad que Enzo había comprado recientemente.

El sheriff ya estaba en la escena. Jaxson esperaba a saber lo que necesitaba de él. No confiaba en que ella se encontraba ahí y que esto no era una trampa.

Enfrente de la casa, se encontraba *Lotus* azul que había visto a principios de esta semana.

Había otros vehículos junto al del sheriff en el exterior.

Saqué mi linterna y caminé por el camino oscuro hacia la casa. Un cuerpo cubierto con una sábana yacía en el suelo.

¡Mierda!

¿Era Harper? Nadie me había advertido que ella podría estar muerta. ¿Enzo había llamado para confesar? No había preguntado. Debí haberlo hecho, pero tenía mucho miedo de saber la respuesta.

Me agaché y contuve el aliento. Jalé hacia abajo el borde de la sábana para revelar a un hombre de cabello espeso y oscuro y que tenía un disparo en la cabeza.

No era Harper....

Suspiré de alivio y volví a cubrir el cuerpo con la sábana.

——¡Lincoln! ——Me gritó el sheriff desde el porche delantero——. Usa guantes o no toques a ese condenado cuerpo.

Mierda. Sabía eso. No había tocado el cadáver, pero debí haberlo pensado mejor ya que era una escena del crimen activa.

¿Era el fallecido la persona que se había llevado a Harper en contra de su voluntad? ¿Cómo estaba relacionado con Enzo?

Corrí hacia el sheriff Nelson en las escaleras del porche.

——¿Ya viste a Harper?

——Si, la prensa estará aquí en cualquier minuto y necesitamos sacarla de aquí y hacia el hospital más cercano antes de que la gente empiece a tomar fotos y arruinen la escena del crimen.

¿Quién había llamado a la prensa? ¿Se habían enterado de su secuestro? ¿Acaso la prensa había escuchado al radio policial y descubrió que ella había sido encontrada?

——Yo la llevaré. ——No iba a dejarla.

Pasé corriendo junto al sheriff Nelson y entré a trompicones por la puerta principal.

——¿Harper? ——Grité, tratando de escuchar su dulce voz.

¿Qué quería decir el sheriff Nelson con que necesitábamos llevarla al hospital? Era un viaje de dos horas y él no había hecho mención de la clínica local, así que tenía que ser bastante malo. ¿Estaba herida? ¿Qué le habían hecho?

——¿Lincoln? ——Su suave voz se escuchó a través del pasillo.

——Ella está por aquí ——dijo un hombre italiano con un traje elegante y cabello espeso oscuro. No sabía si ese era Enzo o alguien más, pero lo seguí.

Harper estaba sentada en una silla azul alta que se encontraba en una oficina a oscuras. Varios libreros cubrían las paredes en cada esquina. No tenía ventanas, sólo tenía una lámpara de escritorio que iluminaba el lugar con una luz tenue. Las luces en el techo parecían estar apagadas o que no funcionaban.

——¿Estás bien? ——Pregunté, bajando a su altura.

——¿Qué estoy haciendo aquí? ——Me preguntó Harper. Sus ojos eran vidriosos y los tenía entrecerrados. Sus labios estaban secos. ¿Había sido drogada?—— ¿Enzo? ——Frunció el ceño mientras miraba de mí al hombre italiano que rondaba a mi lado——. No recuerdo nada.

——Voy a llevarte al hospital ——dije. La cargué fácilmente en mis brazos y la llevé a través del pasillo hasta afuera.

El sheriff abrió la puerta del pasajero y yo metí cuidadosamente a Harper dentro de mi camioneta, dejando que se sentara en el asiento delantero junto a mí.

——Estoy cansada ——dijo Harper. Ella trataba de mantener los ojos abiertos.

——¿Qué te dieron? ——Dudaba que ella supiera la respuesta y quería regresar a la casa de Enzo y sacarle la respuesta a golpes, pero mi enfoque necesitaba estar en Harper.

Ella estaba aquí, con vida y necesitaba conseguirle ayuda.

Harper no me respondió.

——Quédate conmigo ——dije, preocupado de que quedara inconsciente. No sabía si se despertaría, entraría en coma o algo peor.

Alcancé el cinturón de seguridad y lo abroché en el asiento, asegurándome que ella estaba segura.

——Voy a llevarla al hospital para que le hagan un análisis de sangre ——le dije al sheriff——. Ve si puedes averiguar lo que le dieron.

——Te llamaré si descubro algo ——dijo el sheriff Nelson.

Corrí hasta el asiento del conductor, me metí en la camioneta y salí rápidamente hacia el hospital. Fue un viaje largo. Llamé a Jaxson mientras iba de camino.

——Oye, ¿Tienes noticias? ——Preguntó Jaxson.

——Tengo a Harper conmigo en el asiento delantero. Parece como si le hubieran dado alguna droga. Ella parece estar completamente sedada, no se puede mover y no recuerda lo que sucedió. Ella parecía sorprendida de ver a Enzo cuando llegué.

——¿Esposaron a Enzo? ¿Confesó haberla secuestrado? ——Preguntó Jaxson.

Mi agarre sobre el volante se apretó.

——No. Había un hombre muerto fuera de su casa. Supongo que Enzo lo culpará por la desaparición y el secuestro de Harper.

——Bastardo ——murmuró Jaxson——. Nos encontraremos en el hospital.

——Eso no es necesario ——dije, dándole un vistazo a Harper mientras ella murmuraba cosas incoherentes en voz baja. Ella no parecía estar completamente despierta o alerta——. Puedo llamarte tan pronto como sepa algo más.

——Por favor, hazlo ——dijo Jaxson——. Informaré a los demás sobre lo que está sucediendo.

Colgué el teléfono y pisé el acelerador más fuerte, apresurándome hacia el hospital.

——Aguanta, Harper.

CAPÍTULO TREINTA

HARPER

Beep. Beep. Beep.

El sonido de las máquinas me sacaron de mi sueño.

Mis ojos se abrieron perezosamente mientras la luz brillante caía sobre mí. Mi vista aun no se había enfocado. Me sentía cansada, como si hubiera sido drogada.

Una mano cálida y fuerte sujetó la mía.

Entonces me congelé.

——¿Harper? ——La voz tranquila de Lincoln me llegó a los oídos——. Harper, soy yo... Lincoln.

Dejé que mis párpados se cerraran y una sonrisa tenue adornó mis labios. Debería estar enojada con él, pero todo lo que podía sentir era una sensación de calma y calidez que me llenaba.

——Lo sé ——murmuré.

Estaba a salvo.

Mis recuerdos estaban borrosos y se habían desvanecido. No podía recordar nada. Todo se sentía como si fuera una neblina detrás de una nube que mi mente se rehusaba a disipar.

——Duerme ——susurró Lincoln.

Hice justo eso. Dejé que mi cuerpo se rindiera al sueño.

No sé por cuanto tiempo dormí o por cuanto tiempo Lincoln se mantuvo sosteniendo mi mano. El tiempo parecía no existir.

Mi cabeza ya no se sentía tan neblinosa y al despertarme vi a Lincoln yaciendo en una silla puesta cerca de la cama con su mano sosteniendo la mía y sus ojos cerrados. Dormido.

¿Qué estaba haciendo aquí? Tenía una intravenosa en mi mano izquierda. Lincoln se había agarrado a mi mano derecha y ni siquiera la había soltado en su sueño. Quería ir a casa. Meterme en mi cama cálida y dormir por una semana. Excepto que estaba muy lejos de Los Ángeles. ¿Necesitaba preocuparme porque mi esposo viniera por mí? Él era el responsable de que me secuestraran, ¿no era así?

——¿Harper? ——Murmuró Lincoln, sus párpados se abrieron, mirándome——. Estás despierta. ——Se frotó el sueño de los ojos y se sentó más derecho——. Déjame ir por la enfermera.

Sostuve su mano, apretándola en la mía. No confiaba en los hospitales o en los doctores.

No confiaba en mucha gente, a excepción de Lincoln. Si bien se suponía que debía estar enojada con él, la ira se había ido. Él estaba aquí ahora conmigo, cuando importaba.

——No lo hagas ——dije. No quería que se fuera de mi lado——. ¿No se supone que eres mi guardaespaldas?

Lincoln frunció el sueño e hizo una mueca.

¿Había dicho algo equivocado?

Él alcanzó el botón de llamada y lo presionó.

——Ellos necesitan examinarte ——dijo Lincoln.

——¿Por qué estoy aquí? ¿Qué sucedió? —— Pregunté.

——¿Qué es lo que recuerdas?

Él se quedó junto a mi cama, sosteniendo mi mano.

La cortina se agitó cuando la enfermera la abrió.

——Señorita Madison, veo que está despierta. Esa es una buena noticia. Déjeme llamar al doctor.

Se apresuró a salir de la habitación, dejándonos a solas.

——Estaba en la casa de Ariella con Hazel. Pedimos una pizza y este sujeto se presentó, arrastrándome hacia su auto. Él me esposó, me cubrió los ojos y me llevó en su auto. No recuerdo el resto. ¿Qué sucedió, Lincoln? ——Mi voz se trabó mientras temblaba bajo las sábanas.

Me estremecí, la habitación estaba helada y el olor a antiséptico me hacía encogerme.

——¿Enzo me hizo algo? ¿Por qué estoy en el hospital? ——No me sentía enferma o herida. No podía recordar el incidente. ¿Era por eso que estaba conectada a las máquinas? ¿Por cuánto tiempo había estado aquí?

——Enzo reportó tu aparición a la policía ——dijo Lincoln.

Eso no tenía sentido.

——¿Qué? ¿Por qué haría eso?

——Él llamó a la oficina del sheriff. ¿No recuerdas nada más luego de que te metieron en el auto?

Negué con la cabeza. Todo estaba oscuro.

——Estábamos en el auto. Estaba en el asiento trasero y no recuerdo más después de eso.

——El sheriff encontró muerto al hombre que te raptó, Zan Marino. Parece que cometió suicidio. Fue encontrado afuera de la casa de Ricci con una herida de bala autoinfligida en la cabeza. El laboratorio está examinando a Enzo, buscando residuos de pólvora, pero estamos bastante seguros que Enzo saldrá indemne.

——¿Zan se suicidó? ——Eso tenía aún menos sentido para mí——. ¿Por qué habría de secuestrarme y luego llevarme hasta Enzo solo para suicidarse?

Lincoln apretó mi mano y con la otra, apartó un mechón de cabello de mi cara y lo puso detrás de mi oreja.

——Estoy bastante seguro de que Enzo no estuvo detrás de tu secuestro, pero creo que él le ordenó a Zan que se suicidara o hizo parecer como que Zan cometió suicidio.

——¿Quién haría algo como eso? ——Es decir, sabía que era Enzo, pero no entendía el por qué. Sus motivos... ¿Qué poseería a otro hombre a seguirlos?

——Enzo es parte del crimen organizado.

——La mafia italiana. ——Lo había supuesto por los artículos que había descubierto recientemente sobre sus negocios y sus prácticas, la cuales eran sospechosas. El gobierno no tenía evidencia contra él, pero eso no significaba que no lo estuvieran vigilando. Con suerte, ellos encontrarían algo y lo pondrían tras las rejas.

——No me dijiste que estabas casada ——susurró Lincoln, su mirada puesta en la mía.

El doctor entró en la habitación y tenía mi historial médico en sus manos.

——Es bueno saber que estás despierta y alerta, Heather.

Tragué nerviosa ya que él utilizó mi nombre legal, el real. Nadie me llamaba así nunca. ¿Ellos habían sacado mi identificación del bolso que había dejado en casa de Ariella?

Él sacó una pequeña linterna de su bolsillo.

——Sigue la luz ——instruyó el doctor.

El doctor me examinó brevemente y luego explicó que las drogas estaban fuera de mi sistema y era libre de irme. El episodio de amnesia que obtuve del secuestro podría no volver, pero no debería sufrir efectos a largo plazo por las drogas que me obligaron a consumir.

——La enfermera traerá el papeleo y luego eres libre de irte ——dijo el doctor. Él salió de la habitación, dejándonos a Lincoln y a mí solos.

El silencio llenó el pequeño espacio.

——Llamaré a un taxi ——dije——. Puedes irte a casa. ——No quería ser una carga.

——Es un viaje de dos horas hasta Breckenridge y seguramente la prensa estará esperándote afuera de tu hotel. Tendremos suerte si no están afuera del hospital cuando nos vayamos ——dijo Lincoln.

——Oh. ——genial. Justo con lo que quería lidiar esta noche.

——Te llevaré de vuelta a casa. Bueno, a Breckenridge.

——Gracias ——dije y suspiré. Aparté mi mano de la suya. Mis dedos revoloteaban sobre la sábana blanca y me quedé mirando la tela de algodón.

Lincoln dejó que el silencio se espesara como una nube. La enfermera regresó eventualmente, firmé los papeles, me vestí con Lincoln esperando en el pasillo y luego él me ayudó a ir hasta su camioneta.

Apenas habíamos hablado algo desde que me dieron el alta. La tensión entre nosotros crepitaba en el aire como si fuera un rayo, listo para dar en el blanco.

——Aquí estamos. ——Lincoln abrió la camioneta y yo me metí adentro, abrochándome el cinturón de seguridad. Era pasada la medianoche.

——¿Estás seguro de que está bien que conduzcas esta noche? ¿Quizá deberíamos conseguir una habitación de hotel? ——Sugerí. No tenía ropa para cambiarme, pero al menos él no se dormiría detrás del volante.

Lincoln cerró mi puerta y caminó hacia el asiento del conductor. Él se metió en la camioneta.

——Prefiero dormir en mi propia cama esta noche.

Encendió la camioneta.

——Está bien.

Más silencio llenó el vehículo cuando él salió del aparcamiento del hospital y nos condujo hacia Breckenridge. Observé a través de la ventana. Debería estar cansada pero no lo estaba. Me sentía más despierta de lo que había estado en mucho tiempo.

Quizás era la adrenalina o ¿quizás era algo más? ¿Con qué me habían drogado? ¿Quién me había drogado, Enzo o Zan? ¿Acaso importaba?

Odiaba el silencio.

Me hacía sentir aún más incomoda. Le di un vistazo a Lincoln mientras él miraba a la carretera, apretando el volante con ambas manos. ¿Estaba enojado conmigo?

Lamí mis labios.

——Sabes que dicen que lo que sucede en Las Vegas se queda en Las Vegas, bueno, casarse no se queda en Las Vegas.

——¿Se supone que esa es una broma? ——Dijo Lincoln.

Me encogí de hombros.

——Supongo que no. Lo conocí en Las Vegas. Bailamos, nos embriagamos y de alguna manera terminamos en una capilla de bodas contrayendo matrimonio. Realmente no recuerdo mucho de ello. Solo que desperté con una horrible resaca al día siguiente y tenía un anillo de diamantes en mi dedo anular. Me escabullí de ahí, me hice la promesa de olvidarme de ello y seguir adelante. Ni siquiera supe su nombre esa mañana.

——¿Ellos te permitieron casarte mientras estabas intoxicada? ——Lincoln echaba humo——. ¿No necesitaste de un certificado de matrimonio de un juzgado antes de ir a la capilla?

Me encogí de hombros.

——Si, pero uno de sus amigos trabajaba en el juzgado. Él hizo como si nos estuviera haciendo un favor.

——Quizás era a Enzo a quién le estaba haciendo el favor. Él ciertamente no te estaba haciendo uno. —— El agarre de Lincoln sobre el volante se apretó.

No quería estar casada con Enzo. ¿Lincoln no podía ver eso?

——Llamé a un abogado para averiguar si el matrimonio era legal ya que estaba intoxicada al momento del casamiento. Podría anular el matrimonio si Enzo coopera, sobre la base de que no era capaz de dar mi consentimiento o que no entendía lo que estaba haciendo. Si él no está de acuerdo, entonces tendríamos que obtener un divorcio. No le había hablado desde que estábamos en Las Vegas; ni siquiera sabía su nombre hasta que me enviaron una copia del certificado de matrimonio.

——Te conseguiré ese divorcio si eso es lo que quieres ——dijo Lincoln.

——Honestamente, es lo que quiero. ——No quería tener nada que ver con Enzo, ahora o en el futuro. Quería romper cualquier relación entre nosotros ——. Lo siento por no decirte nada. No es algo de lo que hable nunca.

CAPÍTULO TREINTA Y UNO

ARIELLA

Me encontraba acurrucada en los brazos de Jaxson en su cama y se me hacía difícil dormir.

——¿Sigues despierta? ——Susurró Jaxson, abriendo los ojos. La luz de la alarma que estaba cerca iluminaba un poco la habitación a oscuras.

——Si ——dije y suspiré.

¿Cómo podía dormir luego de lo que ocurrió hoy? Afortunadamente, Harper había sido encontrada, pero no me sentía mejor acerca de ella siendo llevada y arrastrada por un matón de la mafia.

Se suponía que los pueblos eran seguros.

Jaxson alcanzó su teléfono, dándole un vistazo a la pantalla por un momento.

——Lincoln envió un mensaje diciendo que están de regreso del hospital.

Suspiré aliviada.

——¿Ella está bien?

——Eso creo ——dijo Jaxson.

El silencio llenó la habitación. Me sostenía cálidamente por mi cintura, acurrucándome contra él. Él olía espectacular y mi cuerpo se relajó contra él, pero mi mente no se detenía.

——Hazel sabe lo de nosotros ——dije.

——Esa no es una sorpresa. Lincoln nos vio besándonos en el hospital ——Jaxson me recordó.

——¿Te parece bien que la gente sepa de nosotros?

¿Por qué seguíamos escondiendo nuestra relación? Nuestros amigos y compañeros de trabajo han ido descubriendo poco a poco lo que hemos estado haciendo: andar a escondidas.

Éramos dos adultos, adultos felices. ¿Por qué teníamos que seguir escondiéndonos?

Él me apretó más contra él, dándonos la vuelta así yo estaba encima. Sus manos se deslizaron bajo la camisa de mi pijama y empezó a frotar mi espalda con movimientos suaves y reconfortantes.

——Creo que ya todo el mundo lo sabe ahora —— murmuró Jaxson, riéndose——. Escondernos ya no parece tener sentido.

Nos volví a dar la vuelta, quedando él sobre mí y sujetándome contra la cama. Me gustaba cuando él estaba encima y tomaba el mando, especialmente en la habitación. Dejé que mis dedos juguetearan con el borde de sus calzoncillos.

——¿Qué hay de Skylar e Izzie? ——Le pregunté, aparentándolo contra mí. No lo quería lejos de mí.

——Skylar es una mujer adulta. Ella nos ha escuchado tener sexo ——dijo Jaxson riéndose——. Continuar escondiéndolo de ella parece tonto. Además, ella casi nunca está alrededor. Me gusta ser cuidadoso cuando Izzie está cerca, pero no somos amigos con beneficios. Te amo.

——Te amo también ——susurré——. Había estado preocupada, honestamente. Se que querías que llamara a ese terapeuta, pero no pude hacerlo. Odio abrirme a extraños. Ya es lo suficientemente duro hablar contigo acerca de mis sentimientos. Me preocupa que me diga que me mude. Que vivir con mi jefe y esconder nuestra relación no es saludable.

——¿Qué? ——Jaxson frunció el ceño——. No quiero que te vayas Ariella. Si no lo he hecho lo suficientemente claro, este es tu hogar, conmigo e Izzie. Espero que no te hayamos hecho sentir que no eres bienvenida.

——Dios, no. Ustedes han sido maravillosos. Es solo el hecho de dormir en una habitación diferente y esconder nuestra relación. Me hace sentir sucia.

——No quiero que te vuelvas a sentir de esa manera. De ahora en adelante, dormirás aquí conmigo —— dijo Jaxson——. Me gusta tenerte en mi cama y saber que estás a salvo.

——Me gusta eso también.

CAPÍTULO TREINTA Y DOS

LINCOLN

No había llevado a Harper de vuelta a su hotel luego de regresar del hospital. No quería dejarla sola.

Ella tenía razón, yo era su guardaespaldas y ella era mi responsabilidad. La había llevado a mi hogar, la dejé dormir en mi cama y yo había considerado usar el sofá, que habría sido demasiado pequeño, cuando me dejó unirme a ella.

Al día siguiente revisé mi teléfono, Jaxson me había enviado un mensaje donde decía que el estudio había cancelado la filmación de la película. No sabía lo que eso significaba para la carrera de Harper o si ella estaría enojada o complacida por las noticias.

——Buenos días ——susurró.

Sus párpados se abrieron mientras yacía a mi lado, mirándome.

——No tenemos trabajo por hacer hoy. Al parecer el estudio puso la producción de la película en pausa.

Si bien tenía que hacer unas cuantas cosas, no tenía que trabajar como seguridad en el set de filmación, lo que era una buena noticia, considerando la hora a la que había llegado a casa anoche.

Harper rodó sobre su espalda y miró al techo.

——Eso es bueno. No debí haber aceptado el papel, sabiendo que tendría que trabajar con ese director idiota.

——Bueno, si no lo hubieras hecho, nunca nos habríamos conocido.

Dudaba que hubiera venido a Breckenridge de otra manera.

——Cierto.

Froté la somnolencia de mis ojos y salí de la cama.

——Los obreros llegarán pronto para trabajar en la

reparación del restaurante en la parte de abajo. ——
No podríamos dormir con todo el ruido.

——¿Qué le sucedió a tu restaurante? ¿Enojaste a
alguien? ¿Esos son agujeros de bala reales? ——
Preguntó Harper.

——Desafortunadamente, lo son. Quería pasar por
las oficinas de *Eagle Tactical* esta tarde y averiguar si
han sabido algo de Enzo o si él ha sido acusado de
asesinato o tu secuestro.

Harper permaneció en silencio. ¿No debí haberlo
mencionado? Ella se sentó en la cama y el cobertor
cayó a su cintura, aún vestía con la ropa de ayer.

——Debería regresar al hotel, darme una ducha y
cambiarme de ropa.

——Te llevaré. ¿Te importa si me doy una ducha
rápida?

——Solo si puedo unirme a ti.

Me incliné y capturé sus labios con los míos,
queriendo que supiera que sí, la deseaba. No había
dejado de desearla desde que pusimos los ojos el
uno en el otro. Le agarré la mano y la puse de pie,
guiándola al baño.

Encendí la luz y abrí la llave de la ducha. Me desvestí rápidamente y arrojé la ropa al piso. Harper dudó, pero sus ojos me recorrieron de los pies a la cabeza, fascinada. Ella mordió su labio inferior.

¿Le gustaba lo que veía? ¿No era capaz de dejar de mirarme? Se sentía bien ser deseado. Necesitaba hacerla sentir de la manera que ella me hacía sentir por dentro.

——¿Quieres que te ayude? ——Ofrecí y crucé la distancia entre nosotros. Puse las manos en sus caderas y mis dedos rozaron sus costados y su estómago cuando alcé la tela.

Harper alzó los brazos. Le quité la camisa con suavidad. Mis dedos apretaron la banda de su sostén, desabrochándolo y dejando que los tirantes se deslizaran por sus hombros hasta caer al piso.

Sus labios lucían cálidos y tentadores. Me incliné, besándola, saboreándola, mientras mis dedos trabajaban en sus pantalones, deslizándolos hacia abajo junto con sus bragas.

La envolví en mis brazos y la llevé hasta la ducha, metiéndonos debajo del agua con nuestros cuerpos apretados y el vapor acariciándonos la piel.

Sus manos exploraron mi espalda y se deslizaron hasta mi trasero. Ella me dio una nalgada.

Alcé una ceja, observándola.

——¿Acabas de darme una nalgada?

Ella rió y asintió con su cabeza, sonriendo ampliamente cuando lo hizo de nuevo.

Agarré sus muñecas y la sujeté contra la pared en la ducha. Sus pezones se endurecieron y la besé duro mientras deslizaba una mano entre nosotros, tocándola. Ella gimió y se quedó sin aliento por el placer mientras separaba sus pliegues, sintiendo su humedad. Estimulé su perla y su cuerpo se encogió, intensificando más su respiración. Su mano bajó entre nosotros, tocando mi longitud y jugando con la cabeza, haciendo que mis caderas se propulsaran. ¡Oh Dios, ella me estaba matando!

Cerré la distancia entre nosotros y me acerqué a su entrada, el calor de la ducha llenó de vapor el baño. El lugar se sentía cálido, sofocante, pero no me importaba. Sus mejillas estaban ruborizadas y un sonrojo le cubría el pecho.

Entré en ella rápidamente, moviéndome rápido, duro y escuchando sus suaves ruegos en mi oído.

——Más. ——Ella envolvió sus piernas a mi alrededor, acercándome más.

Hice lo que me pidió, enterrándome dentro de ella, cada centímetro, hasta que ella y yo nos convertimos en uno.

Harper echó la cabeza hacia atrás y sus gemidos se hicieron más fuertes e insistentes, llenos de necesidad. La apreté fuerte contra mí. Mi mano se movía entre nosotros para llevarla al límite.

Ella parecía estar cerca. Harper se apretó con cada embestida. Ella se sentía cerca.

——Por favor ——susurró Harper y cerró los ojos, sus uñas clavándose en mi hombro, marcándome.

Era suyo.

Me retiré y la escuché gimotear en protesta.

Cerré la llave de la ducha. Y eso que la intención era darnos una ducha.

——¿Por qué te detuviste? ——Su respiración era pesada. Ella había estado a punto de venirse y yo me aparté para provocarla.

——Porque te mereces algo más que una follada en la ducha ——Susurré en su oído, mordisqueando su piel.

Ella ronroneó por mi toque. La saqué de la ducha y de vuelta a la cama.

——Juro que, si no me dejas venirme, puede que te ate a la cabecera de la cama y me aproveche de ti ——dijo Harper.

Sonreí satisfecho.

——¿En serio? Eso no suena nada mal. ——La bajé a la cama. Mi cuerpo se cernió sobre el de ella, rozando su entrada.

——Eres un jodido presumido ——gimió Harper. Ella tomó mi grosor y me forzó a perder cualquier pensamiento coherente mientras entraba en ella.

Una enorme sonrisa le cruzó la cara, complacida con lo que había logrado.

Cada embestida era más profunda, más intensa y satisfactoria que la anterior a medida que me acercaba al límite.

No quería que este momento terminara.

Si la filmación de la película se había detenido, entonces ¿Harper se marcharía?

Quería convencerla de quedarse conmigo.

Mis dedos se deslizaron hacia abajo, provocando su perla. Sus pequeñas manos se aferraron a las sábanas de la cama y su espalda se arqueó en la cama. Sus gemidos se intensificaron, cada uno más pronunciado y sexy que el anterior. Ella jadeó por el aire, su interior apretándome, trayéndome al olvido junto con ella.

Ella se estremeció y se dejó ir, jadeando y luchando por recuperar el aliento.

Entendía completamente.

Di unas cuantas embestidas más y me vine junto a ella, ahogándome en su calor y respirando con ella como si fuéramos uno solo.

Mi corazón latía con fuerza y era el único sonido que podía oír junto con nuestra respiración. Me aparté lentamente y rodé sobre mi espalda. Caliente y sudoroso.

Necesito otra ducha.

CAPÍTULO TREINTA Y TRES

HARPER

Empaqué mis maletas en el motel. El auto que había rentado me esperaba afuera. Era momento de regresar a Los Ángeles.

Se escuchó un golpe resonante en la puerta.

——¡Un momento! ——Grité.

Cerré mi maleta y corrí hacia la puerta, dando un vistazo a través de la mirilla antes de ver a Lincoln del otro lado.

——Hola ——él dijo con una sonrisa traviesa.

Tampoco podía ocultar la sonrisa de mi cara. En la mañana, habíamos pasado toda una media hora en la ducha, y no bañándonos, y luego pasamos un buen rato enredados entre las sábanas.

Pude haberme quedado en la cama para siempre con el hombre, pero esa no era una posibilidad realista.

Tenía que regresar a casa; la filmación de la película fue cancelada.

El director había renunciado y luego de que mi secuestro se hubiera hecho público, el estudio había puesto en pausa la producción de manera indefinida. Al menos el estudio no me culpaba; pero ellos pensaban que necesitaba tiempo para recuperarme.

——¿Viniste a despedirte? ——Pregunté.

Él llevaba una carpeta en sus manos.

——Mientras regresabas al hotel para empacar, me tomé la libertad de hablar con Enzo.

Mi estómago dio un salto.

——Lo hiciste. ——¿Qué significaba eso?

Él entró a mi habitación de hotel y se acercó al escritorio.

——Enzo saldrá de tu vida para siempre. Todo lo que tienes que hacer es firmar los papeles. ——Él sacó un documento y lo desplegó en la mesa para que lo viera.

——¿Qué son? ——Dudé antes de acercarme para leer los documentos, tenían el grosor de un libro.

——Los papeles de divorcio. Tu y Enzo ya pueden seguir caminos separados.

¿En qué se había metido?

Inspeccioné los papeles, leyéndolos lo más rápido que pude.

——¿Enzo estuvo de acuerdo con esto? —— Pregunté.

Miré fijamente los documentos. No era una abogada, pero todo lucía legal y aceptable para ambas partes. No obtendría ninguno de los bienes de Enzo y él no obtendría ninguno de los míos.

Aceptaría ese acuerdo. No me había casado con él por su fortuna y estaba condenadamente segura de que no renunciaría a la mía por su beneficio.

Hojeé cada página, eran extensas, pero todo parecía aceptable.

——¿Cómo hiciste esto? ——Pregunté y alcancé la pluma del escritorio y firmé.

——Tuve una charla con Enzo esta mañana. Él ya tenía los papeles preparados. Fue tanto su idea como la mía.

Eso me sorprendió.

——¿Necesitamos a un testigo?

——No, pero tendrás que ir ante el juez del condado. Puedes hacerlo en cualquier condado o estado tan pronto como estés lista.

Gemí. El pensamiento de volver a ver a Enzo me hacía querer vomitar.

——Estaré contigo todo el tiempo ——dijo Lincoln ——. Ariella y Hazel se ofrecieron a venir también. Quieren organizar una fiesta por tu divorcio.

——Está bien, pero no pediremos pizza. La última vez que lo hicimos, Zan apareció. ——Si bien me daba cuenta que el pedir una pizza y que la mafia se presentara en la casa no tenían nada que ver, todavía era una asociación que no estaba lista para olvidar.

——Así que, ¿te quedarás un poco más de tiempo? ——Preguntó Lincoln, sus ojos se llenaron de esperanza——. ¿Unos cuantos días más? ——¿Quería que me quedara indefinidamente?

——Si, puedo hacer eso, unos cuantos días. Sabes si realmente estás tan preocupado de que me vaya, podrías venir conmigo a Los Ángeles.

Lincoln me dio una sonrisa apretada.

——Los Ángeles es tan...

——¿Soleada?

——Iba a decir contaminada. ¿No te gusta pasar tiempo al aire libre? La belleza y la tranquilidad de la naturaleza. No puedes hacer *rafting* por el río con la vista que tenemos en Los Ángeles.

——¿Estaba tratando de convencerme de que me quedara? No sería muy difícil, me gustaba este pueblo. El pensamiento de irme a casa no me estaba haciendo tan feliz.

——No, supongo que no ——dije, dándole un vistazo a mi maleta sobre la cama——. Pero tienes que admitir que las playas son una ventaja, incluso con la contaminación.

Él rió entre dientes.

——Quizás debería ser más directo. Quédate por mí ——dijo Lincoln, abrazándome.

Puse mis brazos alrededor de su cuello y alcé el rostro, acariciando sus labios con los míos.

——¿No te cansarás de mí?

——No creo que eso sea posible.

Él nunca dejó de sostenerme, rodeándome las caderas con sus brazos.

——¿Me estás pidiendo que me mude contigo?

Una sonrisa enorme cruzó la cara de Lincoln.

——Juro que, si estás bromeando conmigo, mujer, no creo que pueda soportarlo.

Mis labios se estrellaron contra los suyos.

——¿Acaso me estoy riendo? ——Solo regresaría a Los Ángeles si tenía que buscar algunas de mis cosas.

EPÍLOGO

JAXSON

La vida parecía ser demasiado buena; pero aún esperaba que algo más sucediera.

Harper estaba a salvo y fuera del hospital en casa. Mason había sido dado de alta y volvía a ser el mismo. Ben seguía en algún lugar, libre y esperando su oportunidad para atacar. Aún no había terminado. ¿Alguna vez lo haría?

Todavía teníamos que encontrarlo, pero lo haríamos. Solo era cuestión de tiempo.

Todo el equipo de *Eagle Tactical*, junto con sus novias, había venido para una barbacoa. Nos habíamos comprometido a pasar más tiempo juntos y divertirnos; lo merecíamos.

Me senté en el porche trasero de mi casa, las montañas siempre proporcionaban un paisaje hermoso.

Izzie perseguía a una mariposa en el jardín donde Ariella y Harper estaban ocupadas plantando flores.

Harper posó una mano en su vientre muy pronunciado por su notorio embarazo. Ella y Lincoln esperaban a su primer hijo e Izzie probablemente estaba tan emocionada como ellos, esperando a su nuevo compañero de juegos.

Bear se dejó caer a mi lado en la terraza de madera, meneando la cola y tomando el sol de la tarde.

——Mira esto ——dijo Hazel, mostrándome su red social. Había un montón de fotos, pero ella se desplazó hasta una en particular——. Skylar tiene un novio.

——¿En serio? Déjame ver.

Apenas había visto a Skylar. Ella había estado trabajando por largas horas y se había ido de fiesta la mayoría de las noches.

Hazel me pasó su teléfono. Casi dejé caer al dispositivo cuando la foto que estaba mirando me destrozó en pedazos.

Jayden rodeaba a Skylar con sus brazos y ambos tenían una enorme sonrisa en sus caras.

Le di clic a la cuenta de Skylar y me desplacé a través de las fotos antes de dar con una que hizo que mi estómago se derrumbara. Ella alzaba su mano izquierda, revelando un anillo de diamantes en su dedo anular.

——¿Cuándo demonios ella se comprometió?

————

Gracias por leer Oculta: Lincoln. Continúa la aventura en el último libro de la serie Táctica Águila con...

Jayden no era un mal sujeto, solo el chico malo; y me enamoré de él, perdidamente.

Jayden

Mi sobrina ha estado desaparecida por meses y había pasado cada hora del día buscándola. Y necesitaba a una cómplice, una mujer encubierta que pudiera ayudarme a reunir las pistas.

Skylar es linda, mordaz, y la hermanita de Jaxson. Ella está completamente fuera de los límites y cuando mi antiguo compañero del ejército descubra que la he contratado en secreto, seguro me va a matar.

Skylar

Desesperada por ganar algo de dinero, estuve de acuerdo en trabajar de manera encubierta con Jayden Scott.

Tengo que ser su prometida falsa por 2000 dólares a la semana. El trabajo involucra algo más: él quiere que me meta en la casa de su jefe y que averigüe todo lo que pueda sobre el paradero de su sobrina.

El plan fracasa inmediatamente y se me da un ultimátum: o secuestro a tres chicas para la medianoche o me venderán en una subasta.

¡REGALOS, LIBROS GRATIS Y MÁS!

Espero que hayas disfrutado de Oculta: Lincoln y que continúes el viaje con Jaxson, Ariella y el equipo de *Eagle Tactical*.

Aunque esta es mi primera serie como Willow Fox, he publicado libros desde el 2013.

No olvides suscribirte a mi Boletín de Noticias: www.authorwillowfox.com/subscribe

Si disfrutaste Oculta: Lincoln, por favor no te olvides de dejar una reseña. Las reseñas ayudan a otros lectores a encontrar mis libros.

¿No estás seguro de qué escribir? No hay problema. No tiene que ser una reseña larga. Puedes compartir como encontraste mi libro: ¿Te lo recomendó un amigo o un club de lectura? Déjale saber a los lectores cuál es tu personaje favorito o lo que te gustaría que sucediera después. ¿Lees frecuentemente historias con un "felices para siempre"? ¿Qué te parece el "felices por ahora"? (espero que satisfecho, pero ¡prometo que la serie terminará con un "felices para siempre"!)

¡Gracias por leer el libro! Espero que consideres unirte a mi lista de correo para que puedas conseguir libros gratis, promociones, regalos y noticias de nuevos lanzamientos.

ACERCA DE LA AUTORA

Willow Fox ha amado escribir desde que estaba en la secundaria (muchos años atrás). Sus romances situados en una pequeña localidad son reflejo de vivir en un pueblo rural de los Estados Unidos.

Ya sea que esté escribiendo un romance o se siente junto a una fogata a leer un buen libro, Willow ama la magia que conlleva la palabra escrita. Ella sueña con alguien que venga a conquistarla y ¡espera poder hacer eso con sus lectores!

Visita su página web: https://authorwillowfox.com

LIBROS DE WILLOW FOX

Serie Táctica Águila

Expuesto: Jaxson

Sigilo: Mason

Oculto: Lincoln

Encubierto: Jayden

Matrimonios de la Mafia

Voto Silencioso

Voto Cautivo

Voto Salvaje

Voto Involuntario

Voto Despiadado

Otros títulos de libros románticos disponibles en inglés, francés, alemán e italiano en shopwillowfox.com.